KEIGO HIGASHINO
東野圭吾 作品集——8

白馬山莊殺人事件

はくばさんそうさつじんじけん

東野圭吾 著
林冠汾 譯

導讀——

浪漫中的現實性

【推理作家】寵物先生

一名女孩和其好友為了找出一年前哥哥的死亡真相，來到位於長野縣白馬的鵝媽媽度假山莊，裡頭的住宿客與當年幾乎一樣，希望能藉此問出線索。山莊以前的擁有者是一位英國婦人，每間房間都是一首「鵝媽媽童謠」的名字，房內均掛有一至兩塊寫著歌詞的壁飾。就在兩人開始思考童謠與哥哥死因的關聯時，住宿客的其中一名男性被發現墜落斷橋身亡……

諸位讀者在翻開這本書前，可能已經瀏覽過上述的簡介，得知這是一部與「童謠」有關的作品，且場景又設在「山莊」。接下來或許會認為：想必我可以讀到一群人在山莊受困（暴風雨加上道路不通），然後發生連續殺人案，被害者依照童謠內容的情境一個接一個死去——如此令人興奮（或老套）的劇情吧？

若你真的這麼想，請別急著進入正文，不妨先了解一下本書的發表年代。

自從一九五七年松本清張發表《點與線》、《眼之壁》後，日本推理小說進入「社會派」時期，著重反映社會的寫實作品大行其道，相對的，只重視解謎與詭計，充斥浪漫主義色彩的「本格派」推理則逐漸式微，過去的一些本格派作家不是捨棄本格，改寫其他路線（如高木彬光），就是在寫實的桎梏下力求生存（如鮎川哲也）。

一九七五年偵探小說專門誌《幻影城》的創刊，主張「浪漫的復活」，提示作品應具有現實性的浪漫，本格派因而有復甦跡象，但一九七九年《幻影城》停刊後又一度沉寂。一九八〇年島田莊司具濃厚浪漫色彩的《占星術殺人魔法》出版，評價並不高。直到一九八七年綾辻行人發表《殺人十角館》，開啟「新本格」時代後，情況才為之一變，具幻想性的本格作品如雨後春筍般紛紛出籠。

《白馬山莊殺人事件》是東野圭吾繼《放學後》、《畢業──雪月花殺人遊戲》的第三作，發表於一九八六年，正好是「新本格元年」的前一年。出道以來的三部作品，都是以解謎為主的本格派推理。

若是以《祕密》、《白夜行》，和《流星之絆》等後期作品接觸東野圭吾的讀者，大概很難想像他早期的風格重視解謎，而且還有些「端正」：有偵探、連續殺人，以及明顯的詭計（密室殺人或不在場證明）。如今大家認識的東野圭吾，是一位題材廣泛，且創作經常傳達強烈意旨的作家，可說是大相逕庭，這之間的轉變是經由多方嘗試與大量寫作，淬鍊之下的結果，如今他的書在台灣也出版不少，讀者可以藉由閱讀這些作品，觀察到一些力圖轉型的痕跡（例如《宿命》、《名偵探的守則》）。

初期，東野仍被視為本格派作家，然而出道時間略早於新本格元年這點，使得他的作品比起綾辻一派，似乎更被「現實性」這個強大的限制所囿。前兩部作品均以校園為舞台，從偵探身份（非外來者）到詭計手法（可行性高），無一不向現實靠攏，到了《白馬山莊殺人事件》這部看似是東野最具浪漫主義元素的本格推理，這個原則也沒有改變。

「山莊」與「童謠」是本格派經常出現的浪漫元素。若用較為專業的說法，山莊指的是「暴風雨山莊」，也就是處於孤絕狀態下的封閉空間，內部的人出不去，外部的人進不來，兇手、被害者與偵探皆是內部成員，除了製造緊張氣氛，也經常是作者用來排除一切科學辦案（如鑑識）的手段。

至於「童謠」則可連結到「比擬殺人」，也就是佈置屍體和現場，使其符合某一段歌詞、故事或傳說的殺人方式，符合被比擬物這點除了可以增添恐怖感，對屍體施以某種程度的偽裝之外，歌詞的前後順序與一貫性也經常被用作詭計來源，給兇手製造不在場證明，或是掩飾模仿犯的目的。

然而，不知是否東野身為作家「重視創意」的神經作祟，抑或是「暴風雨山莊」或「比擬殺人」太脫離現實，本作並未沿襲這些常規。相反的，我們看見刑警可以自由進出，科學鑑識毫無阻礙，被害者也很少（若不包括過去的案件），更重要的是，童謠並非作為屍體、現場佈置的模仿對象，而是當成「暗號」的材料——作者安排一段又一段的歌詞考察，隨著知識分享的趣味，這些童謠也重新被組合，最終導出真相。

以現今觀點來看，不得不認為東野違背了本格推理迷的期待，但與其說他想寫的是「浪漫」的本格，不如說東野只是用了「浪漫」的元素，但仍在「現實」的範圍之下，並試圖將本格派的樂趣發揮到最大。從開頭的謎（哥哥神祕的信件內容）、主軸的謎（暗號、密室詭計）到最終結尾的連環轉折，表現皆恰如其分，不誇張而合乎現實，不華麗卻小巧精緻。

就連專司破案的角色，作者也不採用古典「名偵探」的設定，書中雖有主要找線索、做推論的大學生二人組，但讀者會發現，警察也不是省油的燈，甚至其他角色偶爾也會表現出應有的智慧。「鶴立雞群」的名偵探，在本書是不存在的。

這麼看來，《白馬山莊殺人事件》或許也可說是東野的本格魂在「現實性」的壓抑之下，所能展現最大限度的掙扎。這麼說來，本書的原題名其實是「鵝媽媽旅店的殺人」，雖然因編輯否決而更改，但這名字應當更能表達作者的本意吧！

順帶一提，雖然東野圭吾的風格前後差異甚大，但我認為他的作品有些地方，是出道至今未曾改變過的（尤其是女性角色擁有的某項「特質」），各位閱讀本書時，可以和後期的作品比較看看。

那麼就請翻開下一頁，進入鵝媽媽童謠圍繞的世界。

推理迷好評推薦！

鎔鑄了東野圭吾的創作熱情和純真心意！

【推理文學愛好者】余小芳

以世界著名的鵝媽媽童謠包圍英國人遺留的山莊，帶著密室、童謠和暗號的縝密設計，將時間序列往前鋪陳，並在冰天雪地的時節裡引入事件關係人，最終挖掘諸多事件的謎底和祕密，充斥著濃厚的解謎味兒。此書為東野圭吾早期之作，雖然稍嫌青澀，但其中鎔鑄了作家的創作熱情、純真心意，及對推理小說的喜愛，也能看出作者喜愛預留伏筆和不斷翻轉劇情的鮮明寫作性格與初衷！

喜歡操練「灰色腦細胞」的讀者會大呼過癮！

【推理評論家】黃羅

早期的東野圭吾確實是古典推理的追隨者。他以與世隔絕的「暴風雨山莊」為基底，運用膾炙人口的「鵝媽媽童謠」為素材來貫穿全局，忠實演算出「毒殺」＋「密室謀殺」＋「暗號推理」＝「白馬山莊殺人事件」，這條充滿本格解謎況味的純粹公式，甚至還涵括謎底翻兩翻的趣味性逆轉結局，相信喜歡操練「灰色腦細胞」的讀者應該會大呼過癮！

東野這個坑，原來是個黑洞啊！

【推理評論家】張東君

鵝媽媽童謠就像是烹飪比賽中的指定食材一樣，能激發靈感、刺激創作慾。廚師們使用相同題材競相創作，為的就是想做出高人一等、獨樹一格，還得要好吃好看，讓人愛不釋手一再回味，不論價錢多少就是等著要上門捧場的料理！

《白馬山莊殺人事件》讓我們看到東野圭吾這位多方位的推理主廚，使用傳統的鵝媽媽童謠當素材，加上獨門醬料與香料提味，烹調出讓推理饕客「荷包漸扁終不悔」的星級料理。東野這個坑，原來是個黑洞啊！

主要登場人物

原菜穗子　大學三年級，因爲懷疑哥哥公一的死因，而來到鵝媽媽度假山莊尋找眞相。

澤村真琴　菜穗子從小到大的好友，受菜穗子拜託，一同調查原公一的死因。

老闆霧原　鵝媽媽度假山莊的老闆，滿臉大鬍子，與主廚是多年好友。

主廚　與老闆共同經營鵝媽媽度假山莊，是身材肥胖的男人。

高瀨　約二十五歲左右，度假山莊的員工。

核桃　約二十五歲，度假山莊的員工。

醫生夫婦　住「倫敦鐵橋與年紀一大把的鵝媽媽」別館。

芝浦夫婦　約三十五歲的年輕夫婦，住「鵝與長腿爺爺」房間。

上條先生　約三十多歲，住「風車」。

大木先生　約三十歲，運動健將型，住「聖保羅」。

江波先生　二十九歲，住「傑克與吉兒」。

中村與古川二人組　二十歲左右的大學生，相約來白馬滑雪。住「啓程」。

村政警部　矮小的男人，負責調查鵝媽媽度假山莊的殺人事件。

目次

是誰殺了知更鳥？
是我，麻雀回答。

序曲 一

等到夕陽西下，男子才開始動手，因為他擔心被別人看見。沒錯，絕對不能被人看見。許久不曾做勞力工作了，平時就很少活動筋骨，尤其是最近還特別留意，不讓自己太勞累。或許是因為這樣，沒一會兒他就覺得喘，肺部傳來陣陣刺痛。

沒必要著急。男子蹲了下來，如此告訴自己。時間很充足，而且這種地方不會有人來的，重要的是要把該做的工作做好，這才是最重要的。

小憩一會兒之後，他再度開始工作。不知道多少年沒用過鏟子了？男子覺得有些生疏。不過，男子並沒有忘記使用鏟子的訣竅，雖然緩慢，動作卻很扎實。

挖了一會兒，男子試著把他身邊的木箱放進挖好的洞裡。整個木箱完全陷入洞裡，但男子稍作思考後，取出木箱決定再挖深一些。

「不能著急。」

彷彿在確認自己的想法似的，這回男子發出聲音自言自語。接下來的動作是最重要的步驟，如果太馬虎，一切的計畫都將付諸流水。謹慎一點，謹慎一點，沒錯，凡事謹慎點準沒錯。

話說回來……這土看起來挖不出東西啊，男子略有不滿地歪頭想著。是不是真的搞錯了？不！不可能的，除了這裡，不可能會是別的地方了……難道還有什麼嗎？詛咒……沒錯，歸根究柢就是詛咒吧。再說，就算真的有錯，那也無所謂，從這一刻起，錯誤將成為真理。

男子再度把木箱放進洞裡，這回木箱陷得相當深。他滿意地點點頭，這樣木箱應該就不會因為什麼意外而露出來了。在木箱上覆蓋泥土、再蓋上雪後，男子後退幾步看著那位置。雖然雪看起來有些髒，但並不明顯。這樣就沒問題了，他這麼想著。

男子扛起鏟子折回原路，並一邊確認計畫內容。起承轉合，一切都做得很完美，唯一讓人擔心的就是怕剛才埋起來的位置被發現。不過他其實很放心，他覺得一定沒問題，畢竟頭腦這麼聰明的傢伙沒幾個。

「啟一，你等著啊。」他不自覺地喃喃自語。

走了好一大段路後，男子發現了人影，他看到前方幾十公尺有個背影，因為他低著頭走路，沒能立刻察覺，或許那個人早就在那兒了。

男子的心頭一驚，那個人可能從頭到尾都目擊了他的行動。如果真是如此，計畫就全付諸流水。

他奮力前進，非得快點知道那個人是誰不可，絕不能在這種地方出錯……

隔天早上，位在白馬的度假山莊老闆向當地警察局報案，說有投宿客在度假山莊後方的山谷墜落身亡。據說山谷有一座石橋已斷了一大截，投宿客疑似就在斷裂處墜落。石橋的橋面結了凍，很容易就會滑倒。

這名房客是用新橋二郎的名字登記住宿，但立刻就查出這並非真實姓名。在他的所有物品當中，找到了醫院的掛號卡，上面寫著川崎一夫。進一步詢問醫院後，也證實了這是投宿客的真實身分。川崎一夫是東京的珠寶店老闆，五十三歲，根據川崎一夫的家人表示，他在三天前就已失蹤。

關於這名男子為何會來到白馬的度假山莊，一切都是問號。

序曲 二

年代久遠的布穀鳥鐘裡的布穀鳥探頭探了九次。右手拿著主教棋子的男子原本打算將軍，因為聽到鐘聲而暫停動作。隔著西洋棋盤面對面而坐的兩人，一個是滿臉鬍鬚的健壯男子，另一個是身材高瘦的老人，快要贏棋的是滿臉鬍鬚的男子。

「九點了。」

男子說罷，放下叫將的棋子。老人的臉像是被迫吃了酸掉的食物一樣扭曲，鬍鬚男在一旁不懷好意地笑著。

在兩人旁邊的桌上，早在一小時前就開始玩著梭哈。總共有五個人參加遊戲，其中有一個人的體重看來將近有一百公斤，他是這間度假山莊的廚師，每個人都稱呼他為主廚，其餘四名參加者是這一晚的投宿客。

打工的女孩端來咖啡，女孩在這座度假山莊工作已進入第二年，年約二十五歲上下。不過，因為女孩脂粉未施，又穿著色調鮮豔的運動服，看起來比實際年齡還要年輕。

「好奇怪喔。」女孩把咖啡放在桌上，瞥了一眼布穀鳥鐘後說：「他應該不會這麼早睡才對啊。」

「他一定是累了。」正在玩梭哈的一位客人一邊看著其他參加者的表情，一邊說道。這位客人的頭髮用髮油塑型，是個身形瘦削的男子。「疲累總是突然說來就來，跟機會一樣。」

「還有危機也是。」坐在對面的胖主廚接口，並打算再次一決勝負。

「我們去看一下啦。」

女孩對著躺在長椅上，正在閱讀週刊的青年搭話。比女孩年輕一些的青年是度假山莊的員工，他負責看熱水爐等較粗重的工作。

「嗯，的確有點奇怪。」青年坐起身子，並舉高雙手大大地伸了一個懶腰，頸部的關節發出喀喀聲響，一邊說：「我大概半小時前去叫過他，但也沒有反應。」

於是青年與女孩經過微暗的走廊，來到房間前。房門上掛著木牌，上面刻著這房間的名字：「蛋頭先生（Humpty Dumpty）」。

青年敲了兩、三次門，並呼喊這間房間的投宿客姓名。儘管呼喊聲足以響遍整條走廊，房間內卻毫無反應。於是青年試著轉動門把，但房門被鎖上了。

「把門打開看看吧。」

女孩露出不安的神情抬頭看著青年這麼說，所以青年也決定回到走廊上去拿備份鑰匙。

在用備份鑰匙打開房門前，青年試著再度呼喊客人的姓名，依然沒有回應，於是青年下定決心打開門鎖。

一進房間後就是客廳，而寢室就在客廳的最裡面。青年也敲了寢室的房門，果然還是沒有回應。寢室的房門同樣被鎖上了，青年不得已再次使用了備份鑰匙。

寢室的燈亮著，室內一片明亮。青年沒預料到燈光會亮著，瞬間倒抽了口氣。然而，青年在下一刻受到了更大的衝擊。

投宿客俯臥在床上，臉孔朝向側邊。青年走近兩、三步，跟著發出驚愕的叫聲。

因為這個房客正用黑紫色的臉孔凝視著他。

這是夜裡發生在信州白馬某山莊的事。

那時窗外正好飄下白雪，青年的慘叫聲融入白雪當中，隨即消逝。

第一章　鵝媽媽度假山莊

1

清晨六點五十分的新宿車站。

通往月台的階梯上有兩名年輕人步伐急促地爬著樓梯，那是要搭乘中央本線的月台。

走在前頭的年輕人穿著灰色寬鬆長褲搭配深藍色滑雪衣，梳著略長的雷根頭❶，並戴著深色太陽眼鏡，雖然揹著相當大的背包，但修長的雙腿步伐輕快地一步跨過兩級階梯。

跟在這名年輕人後頭的是外表看來十分柔弱的女孩，女孩拖著帶車輪的滑雪包。在平地拖動滑雪包雖然輕鬆，但上樓梯時卻是相當費力。女孩每爬上幾級階梯便得稍事歇息，每次停下來就要把長髮往後撥一下。女孩形狀漂亮的嘴唇不斷呼出如菸草煙霧般的白色霧氣。

「慢慢跟上來就好，時間還夠。」先抵達月台的年輕人對著跟在後頭的同伴說。

❶劉海梳得很高，兩側頭髮梳到後方的髮型。

年輕人的聲音雖然有些沙啞，卻十分具有穿透力。女孩沒有回答，只是輕輕點了點頭。

兩人準備搭乘的列車已駛進月台，等待著發車的時刻到來。還有幾個人與兩人同樣地快步登上月台，他們大都扛著長長的滑雪板。聚集在月台上的人數雖多，但列車裡的人更多。身上穿著色彩鮮豔的滑雪衣或毛衣的年輕人幾乎占領了列車所有座位，好不容易盼到寒假到來的學生們為了消除平時的壓力，似乎正蓄勢待發地準備在滑雪場上瘋狂活動一番。

兩名年輕人走在月台上，用餘光掃視著車廂內學生們缺乏緊張感的臉孔，最後他們走進一節安靜得會讓人誤以為走進另一班列車的特等車廂。其實特等車廂內也有以滑雪為目的的乘客，但與那些像幼稚園小朋友等不及去遠足般吵鬧的學生比起來，這些人似乎是不同人種。

確認車位號碼後，兩人並肩坐了下來。女孩坐在靠車窗的位子，年輕人毫不費力地把兩件大行李往行李架上放。

「幾點了？」

聽到年輕人的詢問，女孩捲起左手的毛衣袖子露出手錶給年輕人看，沒有秒針的石英錶指著七點整。年輕人輕聲說了句「剛好」，列車的車門也同時關上。

雖然從新宿搭上列車的兩人沒有像其他年輕人一樣嘰嘰喳喳說個沒完，但如果有人仔細傾聽兩人時而有的交談內容，想必會聽到女孩稱年輕人為真琴，而真琴稱女孩為菜穗子。真琴搭上列車後，仍然戴著太陽眼鏡。

「真的要去了耶。」菜穗子壓抑著聲音說。

她的目光注視著車窗外，列車仍然在東京都內奔駛。
「後悔了嗎？」真琴這麼問，視線落在時刻表上，說：「不然掉頭回去也行。」
菜穗子稍微斜眼瞪了一下真琴，說：「不要開玩笑了，我怎麼可能後悔呢？」
「真可惜啊。」
真琴的嘴角微微上揚，並翻開時刻表給菜穗子看。
「我們十一點多會抵達那邊的車站，之後要搭巴士嗎？」
菜穗子搖搖頭。
「坐車子，度假山莊的人會來接我們。」
「太好了。那對方認得我們嗎？」
「有位高瀨先生，我曾經和他見過一次面，只有他有來參加葬禮，是個年輕人喔。」
「喔，是高瀨先生啊……」真琴稍作思考後，繼續開口說：「這個人可信任嗎？」
「我不知道，不過是個感覺不錯的人。」
聽到菜穗子的話，真琴忽然哼了一聲，嘴角也顯得有些扭曲。看到這樣的反應，菜穗子不禁為自己的愚蠢而低下頭。感覺不錯的人——因為她心想這樣的說明根本沒有任何參考價值。
「妳帶了那張明信片嗎？」
聽到真琴這麼問，菜穗子點點頭，伸手取下掛在牆上的斜背包。從斜背包拿出來的是一張很普通的明信片，上面有雪山的照片。只要到了信州，到處都可以買到這樣的明信片。真琴的視線隨著明信片上的文字移動。明信片上寫著這樣的內容：

哈囉！菜穗子過得好嗎？我現在住在信州的度假山莊。這座度假山莊雖然有些怪異，不過這地方真的太有趣了！能夠來到這裡，我不禁感謝起幸運之神的安排，我的人生或許能夠就此有了轉機。

對了，有件事要拜託妳幫我查一下。妳可能會覺得奇怪，但我絕對不是在開玩笑，我是認真的。我想查的內容是「瑪利亞何時回家呢？」。瑪利亞是指聖母瑪利亞，我想聖經上應該有記載些什麼才對，幫我查一下。我再重複一遍，我是認真的。萬事拜託了，我會好好報答妳的。

真琴讀了兩遍後，把明信片還給菜穗子，他嘆了口氣，同時也歪著頭說：「不懂。」

「我也不懂，哥哥明明就不是基督徒，卻突然提到什麼瑪利亞的……而且還寫著『何時回家呢』，這簡直就像暗號……」

「或許就是暗號。」真琴用食指把太陽眼鏡往上推，倒下椅背讓身體伸展開來。「後來妳不是查了這件事？有什麼成果嗎？」

菜穗子一臉憂鬱，緩慢地搖搖頭。

「沒有任何收穫……不過，我能做的頂多是查查哥哥在明信片上寫的聖經罷了。」

「也就是說，聖經上沒有記載相關的內容？」

菜穗子無力地點點頭。

「反正，我們現在根本就不知道什麼東西是有關的，什麼東西又是無關的。總之，先保存體力吧。」真琴一邊這麼說，一邊闔上被太陽眼鏡遮住的眼睛。

2

時間追溯到一個星期前。

那是學期的最後一天，所有課程都結束了。因為明天開始放寒假，朋友們離開的步伐顯得輕快，真琴從階梯教室的窗戶一邊眺望這樣的光景，一邊等待菜穗子。菜穗子是在前天晚上打電話給他，並約在這裡碰面。不過，菜穗子並沒有說明要見面的理由。

菜穗子遲了五分鐘後出現，她沒有為自己遲到道歉，就先解釋為何要約在這裡碰面的理由，她說：「如果約在附近的咖啡廳，我怕會被人聽見。」

「是什麼事？」真琴坐在呈階梯狀排列的第一排長桌子上這麼問。

從菜穗子在電話中的聲音，真琴就已感覺到這並非單純的玩樂邀約，而現在本人出現在他面前，臉上露出的也不是平時那種千金小姐的表情。

菜穗子拉了把椅子在真琴面前坐下來。

「你知道我哥哥吧？」菜穗子如此切入話題，說話時顯得有些沉重。

「知道啊……」真琴的語調開始變得遲疑。

菜穗子和真琴是在大學一年級時認識的，至今已有三年時間了。兩人的交情已好到真琴曾經拜訪過菜穗子住家幾次的程度，所以他知道菜穗子書桌上放的照片裡的人是她哥哥，也知道她哥哥後來發生了什麼事。

「我記得叫……公一吧？」真琴回想了一下後這麼說。

「沒錯，哥哥在去年十二月死的，只有二十二歲。」

「嗯。」

「我跟你提過哥哥怎麼死的嗎？」

「提過一些吧……」

菜穗子的哥哥是自殺死的，他在信州深山裡的某座度假山莊的房間裡服毒自殺。聽說當時他臥倒在床上，枕邊放著剩下半杯可樂的杯子，可樂裡被查出含有劇毒的成分。

那毒藥相當特殊，因為不知道公一如何取得毒藥，所以也曾經以他殺的可能性展開調查。然而，由於公一有自殺的動機，加上也找不到度假山莊員工或其他投宿客與公一有任何相關點，因此最後以自殺結案——這是真琴聽到的內容。

「我認為警察當然會做那樣的判斷。」菜穗子說話的態度非常篤定，她接著說：「哥哥確實有自殺的動機。」

在這句開場白之後，菜穗子說的內容大致如下：

公一當時確實有些精神衰弱。他沒考上研究院，一直找不到工作，無法決定未來的方向是造成他精神衰弱的原因。公一就讀國立大學並專攻英美文學，理應有美好的前程等著他，但是他的內向性格似乎害了他。一旦緊張起來，公一似乎就無法表達自己的想法，然後就會陷入恐慌。擔心未來的去向，加上公一厭惡自己的內向性格，更加深他精神衰弱病情惡化的速度。

公一是在去年十一月突然外出旅行，對於公一提出想要繞日本一圈好鍛鍊身心的要求，他的父母雖然不放心，但也答應了。想必他們是抱著公一可以藉此重新振作起來的期望吧。

雖然家人都很擔心公一，但他的旅行似乎過得很充實。公一偶爾會從旅行地寄來風景明信片或信件，從上面寫的內容不難想像出公一朝氣蓬勃的模樣。就在家人都因此感到放心時，悲痛的消息突然降臨。

「聽說就算寫的信件內容看來很有精神，不見得就表示精神衰弱症已經治癒。我聽警察說，心情開朗與心情低落的狀態會相互交錯是精神衰弱的特徵，也就是俗稱的躁鬱症。」

「經常會聽到的病名。」真琴附和。

「在那家度假山莊沒有查到任何人與哥哥有關係，也成為以自殺結案的原因。畢竟沒關係的人就不可能有殺人的動機。可是，其實另外還有一個根據。」

「他們說發現哥哥時房間是鎖著的，沒有人進得去，房門和窗戶都被鎖著……」

真琴凝視菜穗子的臉好一會兒，然後扭了扭脖子，發出喀喀的聲響，用厭煩的語氣說：

「密室啊……所以，妳究竟想說什麼？」

菜穗子從口袋裡拿出一張明信片，收件人寫著菜穗子，寄件人就是話題主角公一。從明信片上的照片可判斷這張明信片應該是從信州寄出來。

真琴讀完上面的文字後，喃喃說：「真奇妙的明信片。」

「『瑪利亞何時回家呢？』」

「這是在哥哥死去後寄到的，所以應該是死前不久寄的。」

「感覺真不好。」

「這是哥哥寫的最後一封信，上面不是還寫著『人生有了轉機』嗎？你覺得這樣的人有可能自殺嗎？」

「我這話或許會太直接。」真琴一邊把明信片還給菜穗子，一邊說：「不過，依這明信片的內容看來，我覺得妳哥哥的精神衰弱應該還沒治癒吧。」

「我就是無法相信啊。」

「是妳不願意相信吧……」

「還有其他地方我也無法認同，我有跟你說過毒藥的事嗎？」

「根據？」

「妳說過是很特殊的毒藥，我不記得名字了。」

「是烏頭鹼。」菜穗子說。

「或許應該說烏頭草比較容易明白，植物的烏頭草。」

「好像有聽過。」

「聽說愛努族❷經常會用來狩獵。」

「妳很了解嘛！」

「書上查來的。」

烏頭草在夏季到秋季這段期間會綻放紫色的花朵，愛努族流傳下來的製毒方法是等到秋季時取下烏頭草的根莖，然後風乾三至四個星期。烏頭草的主要毒素成分是烏頭鹼，分離後會呈現白色粉末狀。據說只需要幾毫克就足以致死，是比氫酸鉀還要猛烈的劇毒——這些是從菜穗子口中聽來的知識。

「重點是……」真琴把雷根髮型的頭髮往後撥開。「妳哥哥是如何拿到這毒藥……對吧？」

「哥哥不可能拿得到那樣的毒藥。」菜穗子用少有的急躁語氣說：「我也不曾聽過哥哥有愛努族的朋友。」

❷Ainu，居住在庫頁島和北海道的原住民。

「妳哥哥在那之前不是到處去旅行嗎？或許他有去過北海道，在那時拿到毒藥的可能性也不是沒有啊。」

「警方最後好像也是這樣下定論，不過，我覺得這樣不過是照著邏輯走罷了。」

「應該是吧，他們最擅長的就是這個了。」真琴說罷，用力撥亂自己的頭髮。「妳找我到底是什麼事？我已經明白妳無法認同哥哥是自殺的心情，可是又能怎樣呢？如果妳要我陪妳去和警察爭論，我是可以陪妳去。不過，我不敢保證對一年前就已結案的事件，警察的態度會有多認真。」

這時菜穗子露出別有涵義的笑容，她直視著真琴的眼睛說：「我希望你陪我去的地方不是警察局。」

菜穗子的嘴角雖然顯得柔和，但眼神卻相當認真。

「我想去信州。」

「去信州？」

「我想去那座度假山莊。」

真琴露出吃驚的表情，反觀菜穗子的眼神卻很冷靜。她用平淡的語氣說：「我想親眼看看哥哥是在什麼樣的地方，在什麼樣的狀況下死的，我要找出事情的真相。」

「真相啊……」真琴嘆了口氣。「妳哥哥的死除了自殺，還會有其他真相嗎？」

「如果不是自殺，就表示是被某個人殺死的。如果真是這樣，就必須找出那個兇手。」

真琴瞪大眼睛盯著菜穗子的臉看，然後說：「妳是認真的嗎？」

「當然認真。」菜穗子回答。

「事件至今已經過了一年了，現在才去那座度假山莊能查出什麼？如果要查，應該更早一點行動。」

菜穗子用依舊冷靜的語氣說：「我是故意等了一年的。」

真琴反問：「什麼？」

「我也想早點去啊，可是我忍住沒有去，一直等到現在的原因是，我聽說每年這個時期投宿在那家度假山莊的客人幾乎都不會變。」

「也就是熟客囉。」

「那家度假山莊只有十間左右的房間，聽說每年這個時期幾乎所有房間都會被同樣的客人給預約走。去年也是除了我哥哥之外，其他房客好像都是熟客。」

「嗯……」

真琴明白菜穗子等了一年的目的。萬一是他殺，兇手就只可能是度假山莊的員工或投宿客，如果所有人能夠聚在一起，沒有這比更適合調查事件真相的時機了。

「看來是認真的呢。」真琴喃喃道。「不過警方查了那麼多也沒查出什麼，不是嗎？我不覺得外行人去調查，能夠有什麼新的發現。」

「事情已經過了一年，我想敵人也會變得大意，而且對象是警察的話，想必敵人會很謹慎吧。如果對象換成是普通女孩，或許會失去警戒心。當然了，我是妹妹的事情會加以保密。」

「敵人啊。」

「唉。」真琴聳聳肩說。菜穗子似乎已把這件事當成殺人事件看待。

「那，妳要我怎麼做呢？」真琴試著這麼問，但他心裡大概猜得到菜穗子會怎麼回答。

菜穗子低下頭，然後視線朝上地看著真琴說：「我是想問你可不可以跟我一起去，當然，我不會勉強你的。」

真琴聳起肩膀深深吸了一口氣後，翻起白眼朝天花板看去，擺出一副受不了菜穗子的模樣。

「妳是要我陪妳玩偵探遊戲啊？」

菜穗子垂下眼簾說：「因為我能夠依靠的就只有你而已，不過沒關係，我知道這請求本來就很勉強。」

「妳爸爸、媽媽那邊是怎麼交代的？」

「我有告訴他們要去滑雪。如果老實說的話，他們一定不會答應讓我去的。我有說打算和你一起去……因為他們很信任你。」

「不要被信任還比較好。」

桌子發出喀噠的一聲，真琴站了起來，他越過仍低著頭的菜穗子身邊往出口走去，打算丟下一句「只會依賴別人的人什麼事都做不成」之類的話離開，菜穗子又不是戀人也不是好友……

但是真琴沒能說出口，他站著不動，那是因為他聽到菜穗子接下來說的話。

「說得也是。」

纖細的聲音從肩膀下垂的背影另一頭傳來。

「這種事情，沒有人會想扯上關係……對不起，是我太依賴了。我自己去就好了，你不用在意喔。但是可不可以幫我一個忙？我會騙我爸媽說要和你一起去滑雪，不會給你添麻煩的，你只要幫我說說謊就好了。」

「妳是認真的啊？」

「當然。」

真琴皺起眉頭露出不悅的神情，再次撥開頭髮。他用力踢了身旁的桌子一下，快步走回菜穗子身邊抓住她的肩膀說：「我有條件。」

真琴的聲音顯得憤怒，事實上他的確感到憤怒，對菜穗子，也對自己感到憤怒。

「絕對不做危險的事，如果找到自殺的確證立刻離開，還有察覺無法控制事態時也要立刻離開，就這三點。」

「真琴……」

「我再問一次，妳是認真的嗎？」

菜穗子回答說：「當然認真！」

3

用手指頭在蒙上一層霧氣的玻璃上反覆畫著圓圈後，就像毛玻璃被鑿了個洞似的，畫面清楚顯現出來。氣候十分晴朗，青藍色的天空顯得眩目，菜穗子不由得皺起眉頭。

雖然今年十二月並不像往常般寒冷，但窗外流動的風景卻已是一片雪白冬景。列車已進入了長野縣，日本果然還是很大。菜穗子居然為這種無聊小事暗自感嘆著。

「差不多快到了。」

或許是光線太強讓真琴醒了過來，他在菜穗子身旁伸了個大懶腰。菜穗子的手錶正指著十一點。確實是差不多快到了。

列車是在五分鐘後抵達信濃天城車站，車站的規模小得教人擔心車掌會就這麼錯過停站，月台也蓋得相當馬虎。列車的下車口與月台之間的高低差距很大，地上還結了冰，菜穗子下車時因為這樣而有些站不穩腳。

包括他們兩人在內，共有四個人在這個車站下車，另外兩人是一對看似老夫婦的男女。列車駛離後，看似丈夫的男子在月台上摔了一跤。從他摔跤的位置看來，似乎就是因為下車時沒站穩腳。

「所以我不是跟你說了這裡很危險嗎？都提醒過你了，還這麼不小心。」

尖細刺耳的聲音在冷清的月台響起。身穿黑色皮草大衣、妻子模樣的婦人正扶著男子的右手，為他支撐身體。男子的腳打滑了幾次後，總算站了起來。他穿著長度及腰的灰色厚外套，頭上戴著同樣顏色的鴨舌帽。

「我沒想到高低差距會這麼大啊，況且這地上還結了冰。」

「你每次都會在這裡跌倒，拜託你不要再忘記了。這裡的月台很低，還有這個季節地面總是會結冰。」

「我哪有每次跌倒。」

「有，去年也跌倒了，前年也是，每次都是我幫你撐住身體的，要不是有我在的話，你每年恐怕都得因為腰痛而折返東京呢。」

「別再說了，有人在笑呢。」

事實上，菜穗子及真琴確實是在笑。一知道他們的視線被老夫婦察覺後，兩人急忙走出剪票口。

信濃天城車站的候車室是間簡陋的小屋，裡頭只有四人座的木製長椅呈ㄇ字形排列著。ㄇ字形中央擺設著一台舊式的汽油暖爐，但暖爐沒點著。真琴原本打算轉動暖爐上的旋鈕，卻突然罷手，那是因為他發現顯示燈油剩餘量的刻度位置在零。

「好冷喔。」

菜穗子在椅子上坐了下來，用雙手不斷磨蹭自己的大腿，除了暖爐不能點火之外，車站外的景色讓她更覺寒冷。車站前面只有三間用途不明的小屋並排著，披上薄薄一層白雪的雜樹林就近在眼前。路面鋪設不平的小路勾勒出一個急轉彎，消失在樹林裡。

「來接我們的人好像還沒到。」

真琴套上滑雪手套，在菜穗子身邊坐下來，椅子的冰冷從臀部往上竄，竄進身體最深處。先前的老夫婦也走出剪票口，兩人與菜穗子她們相對而坐，中間夾著沒點上火的暖爐。看似丈夫的男子年約六十歲，露出鴨舌帽外的兩側頭髮已泛白，長長的臉型搭配上呈八字形下垂的眉毛和眼睛，給人十分慈祥的印象。以男子的年紀來說，他的身高算是罕見的高大，應該有一百七十公分以上。男子一坐下就伸出雙手在暖爐前烤火，等到他發現怎麼都暖和不起來的原因後，一副不知該如何是好的模樣緩緩縮回伸出的雙手，擺進外套的口袋裡。

「好慢喔。」夫人看了看手錶說道，那是一只看來頗高級的銀色手鐲型手錶。

「因為是開車。」男子冷冷地回答。「開車會發生什麼狀況又不能預知。」

夫人輕輕打了個哈欠，把視線移向對面的兩人。

「兩位也是來旅行的嗎？」

夫人臉上浮現優雅的笑容詢問兩人，或許是因為夫人略顯豐腴，她臉上的皺紋很少，肌膚看來很有彈性。夫人即使坐著時也都挺直腰桿，想必是因為身材嬌小，總是要抬頭看四周的緣故吧。

「是的。」菜穗子回答。
「真的啊？可是這裡什麼都沒有呢，妳們住哪裡呢？」
菜穗子遲疑了一下後，回答說：「鵜媽媽度假山莊。」
夫人的眼神露出光芒。
「果然是那裡，我就在猜你們應該會住那裡，畢竟這附近也沒有其他什麼好一點的旅館。其實我們也是要去那裡呢。」
「真的啊……」
菜穗子一臉不知所措地看向坐在身旁的真琴的側臉，真琴的表情沒有改變，頂多只有太陽眼鏡底下的眼神瞬間露出嚴厲的光芒。
「兩位經常來到這裡嗎？」真琴分別看著兩人這麼問。
「對啊。」夫人開心地點點頭說。
「打從這個人退休後每年都來……你們應該是第一次要去『鵜媽媽』吧？」
「是的，『鵜媽媽』是個好地方嗎？」
「是個很不可思議的地方喔。對不對？」
被妻子要求附和的丈夫簡短回了句「嗯」，換他開口向兩名年輕人發問：「兩位是情侶嗎？」
兩人還沒來得及回答，妻子就先用手肘頂了一下丈夫的腰部說：「你在說什麼啊？怎麼會問這麼失禮的問題……真的很抱歉！」

妻子對丈夫的嘮叨話語在途中轉為對兩人的道歉話語。

「不會。」真琴微笑回答，唯獨丈夫一人滿臉疑惑地歪著頭。

等到白色廂型車抵達車站前方的小路時，距離四人下車的時間已過了十分鐘左右。駕車前來的男子快步走進候車室。男子看來年約二十歲出頭，皮膚被白雪反射的陽光曬得黝黑，白皙的牙齒讓人印象深刻。

「讓各位久等了。」男子一開口就這麼說，然後低頭鞠了個躬。

「高瀨先生，好久不見，今年也要麻煩你了。」

「夫人看起來很有精神……醫生，好久不見。」

被稱呼為醫生的男子輕輕點了點頭後，用擔心的口吻說：

「路上是不是發生了什麼事啊？」

「因為接到自行開車前來的客人在途中被雪地困住的消息，所以我去幫客人解圍，真的非常抱歉。」

「不、不，沒事就好。」

醫生拿了波士頓包，站起身子。

高瀨的視線從老夫婦身上移向兩名年輕人說：「您是原……田小姐吧？」

「是的。」菜穗子一邊回答，一邊站起來。

菜穗子的真實姓氏是「原」，但為了怕其他客人聯想到她與哥哥原公一的關係，所以決定使用假名。當然，只有在公一的葬禮上見過菜穗子的高瀨知道實情。菜穗子對高瀨的解釋是，她想親眼看看哥哥最後住宿的地方，但為了不讓其他人特別在意她，所以希望用假名隱瞞她是妹妹的事實。

高瀨看了看真琴，他的黑色瞳孔不停在移動，表情顯得有些疑惑。

「我記得您在電話裡確實是說……住宿的是兩位女生……」

聽到高瀨這麼說，醫生夫人做出最強烈的反應，她以舞台劇女演員會有的誇張動作抬頭看著候車室的天花板，左右搖了搖圓臉。

「唉，為什麼男人總是這麼神經大條呢？我這個年過六十歲的丈夫也是，這位年輕的高瀨先生也是，兩個人竟然都犯了一樣的錯誤。誰來告訴我究竟要怎麼看，才能夠把這位小姐看成男生呢？」

4

白色廂型車因為後輪裝上了防滑鍊的緣故，所以車身顯得搖晃，不過仍然有力地在雪地上爬坡。根據高瀨的說明，從信濃天城車站到度假山莊大約要三十分鐘的車程。

終於就要到哥哥死去的地方了——光是這麼想，菜穗子就緊張得身體發熱。

「澤村真琴小姐……請問您的名字怎麼寫呢？」醫生夫人發問。

廂型車有三排座椅，中間排被三百六十度旋轉至後方，因此後座的四人是面對面而坐。

「真實的真，加上樂器的琴。」真琴回答：「我經常被當成男生❸。」

菜穗子的臉上忍不住掛起笑容，真琴的確經常被當成男生。她第一次帶真琴回家時，父親那生氣的表情再嚇人不過了。

「剛剛真是太失禮了，我向妳道歉。」

醫生把頭垂得低低地，光禿禿的頭只剩下耳上還留有白髮。這是他第三次道歉了。

「真琴小姐和菜穗子小姐都是大學生嗎？」

「是的。」真琴回答：「我們兩個讀同一所大學。」

「方便請問是哪一所大學嗎？」

「當然。」

真琴老實回答了大學名稱，因為說太多謊很容易穿幫，所以來這裡之前，兩人已事先說好能少說謊，就少說謊。

醫生夫人對真琴的回答似乎已感到滿足，她沒再多問大學的事。

「年輕真好。」夫人發出這麼一句感嘆，打從心底羨慕地嘆了口氣。

「益田先生是醫生嗎？」趁夫人的詢問告一段落，菜穗子試著發問。益田這個姓氏，她是在上車之前詢問的。

「前面要加上退休兩個字。」醫生有些靦腆地露出牙齒笑著說。醫生雖上了年紀，但有一口整齊漂亮的牙齒。

菜穗子想起醫生夫人剛剛說過「打從這個人退休後每年都來」。

「您是醫院的經營者嗎？」

「以前是，現在是我女兒和她丈夫在經營。」

「那這樣您就能放心過著怡然優閒的生活了。」

「算是吧。」醫生回答得有些含糊，這讓菜穗子感覺到醫生或許對這樣的事實感到有些落寞。

「您每年都來這裡是有什麼特別的原因嗎？」真琴若無其事地問。

這才是菜穗子和真琴真正想知道的問題，果然要真琴一塊兒來是對的。菜穗子如此想著。

這個問題是由夫人開口回答：「最大的原因是這裡什麼都沒有。」

「什麼都沒有？」

「現在的日本隨便一抓都可以找到什麼都有的地方，不是嗎？這些地方冬天可以滑雪，夏天又可以打網球、游泳、野戰訓練遊戲，有各種完善的設施。到那種地方去玩確實很方

❸真琴的日文發音為「Makoto」，也常見於日本男性的名字，如誠、真人等名。真琴不只外表像男生，連名字發音也很中性。

便，可是感覺就像都市生活的延續，讓人無法打從心底平靜下來。就這點而言，在這裡就不會有這樣的困擾。這裡什麼都沒有，所以旅館很少，人也很少，不會感覺紛紛擾擾的是來這裡的好處。」

「原來如此，我似乎懂得您的想法。」真琴點點頭說。

一旁的菜穗子也點點頭。我似乎也懂……

「兩位每年也都是選在這個時期來嗎？」

「對啊，因為這個時期的人最少，而且我們現在要去的鵝媽媽度假山莊有很多熟客，現在這個季節去，可以遇到每年都見得到的客人呢。所以呢，就好像一年舉辦一次的同學會一樣。我這老伴啊，最期待和那些客人下西洋棋了。」

坐在夫人旁邊的醫生用柔弱的語氣反駁說：「沒那回事。」

「那裡怎麼會有那麼多熟客呢？」真琴問。

「嗯……自然而然變成那樣的吧。」

「因為什麼都沒有嗎？」

「沒錯。」

或許是很滿意真琴的說法，夫人回答的表情顯得很愉悅。

白色廂型車雖然時而會走下坡路，但所在的高度確實逐漸在升高。四周的景色已轉變成一片銀白色。陽光從不見一片雲朵的上空照射在雪山上，跟著反射到車內。真琴拉上窗簾。

「我才想問妳們怎麼會來這樣的地方呢？應該去離滑雪場更近的地方比較方便啊？」這回換夫人反問。一路交談下來，她會有這樣的疑問是很正常的事。

然而，真琴依舊擺著一張撲克臉。

「就覺得想來。」真琴簡短地回答：「普通的地方都玩膩了，所以就挑了比較特殊的地點，因為大學生的空閒時間很多。」

「這樣啊。」這樣的解釋似乎得到了夫人的認同。「現在的年輕人或許就是這樣沒錯。」夫人有她自己的解讀方式。

車子突然駛進岔路，四周霎時暗了下來，廂型車在像是勉強劈開樹林而成的小徑上向前奔駛。

「差不多快到了。」醫生喃喃道。

廂型車在樹林裡奔馳了兩、三分鐘後，眼前突然一片光亮。出現了一塊像是強行夷平半山腰而有的平原，小徑呈平緩的弧度彎曲向前延伸。路的盡頭有一棟深褐色的建築物。

「那就是『鵝媽媽』。」醫生瞇眼微笑說。

5

「鵝媽媽」雖然是棟平面造型的建築物，但四處可看見呈銳角狀的屋頂凸起，給人感覺像是英國格調的小城堡。當今流行的木屋，搭配上紅磚建蓋而成的建築物四周被圍牆包圍，散發著中世紀的氛圍。

「很漂亮的地方呢。」菜穗子喃喃道。

「這裡以前好像是英國人的別墅呢。聽說屋主不知道為了什麼原因放棄這裡，所以現在的老闆才買下來當成度假山莊。不過，這房子好像沒有被特別改造過。」醫生夫人說明著。

廂型車穿過紅磚砌成的大門，立刻就看見小型的停車場，停車場裡停放了幾輛車子。菜穗子猜測是先抵達的客人的車子。

度假山莊圍繞著中庭，是ㄇ字形建築，外觀幾乎相同的平房排列著，其中只有兩間是雙層樓房，破壞了整體建築物的平衡。

「各位辛苦了。」高瀨先熄滅引擎才回過頭這麼說。

「辛苦了。」答腔的人是真琴。

庭院覆蓋著一層薄薄的白雪，踩上地面時雪地往下陷了一公分左右。

「小心點，別摔跤喔。」菜穗子和真琴身後傳來夫人叮嚀丈夫的聲音。

入口處擺著一塊大型木牌，上面寫著：「鵝媽媽」，這些日文字是唯一能夠說明這裡的經營者是日本人的證據。

打開木製屋門後，正面出現一扇玻璃門。從玻璃門可看見裡面有人在活動。

高瀨打開那扇玻璃門，對著屋內說：「客人來了喔！」

隨後傳來低沉的回應：「辛苦了。」

菜穗子和真琴跟在高瀨後頭踏進室內，隨即看見滿臉大鬍子的男子從吧台裡走了出來。室內是挑高天花板的交誼廳，吧台就在交誼廳角落，吧台的後方似乎是廚房。交誼廳擺設了五張可容納四人左右的圓桌，另外還有一張大型長桌，吧台對面還有一座暖爐。

「這位是度假山莊的老闆。」

在高瀨的介紹下，鬍鬚男說了句「敝姓霧原」，敬了一個禮，牛仔褲搭配運動上衣的體型看來似乎鍛鍊得十分強壯。一聽到是老闆，菜穗子原本想像對方大概是五十多歲的長者，沒想到與她想像的有所落差，讓她有些疑惑，眼前的男子怎麼看都只有三十多歲。

「要受你照顧了，老闆。」醫生夫人從菜穗子身後探出身子來。

男子露出懷念的神情笑了笑後，把視線轉向菜穗子和真琴。

「請盡情在這裡享受放鬆，來到這裡，大家都是朋友。」他滿是鬍鬚的嘴巴露出白皙牙齒這麼說。

「麻煩您照顧了。」菜穗子和真琴低頭說。

「對了，那間房間沒問題嗎？」老闆一臉擔心地看向高瀨。

「是的，客人訂房的時候有先取得她們的同意了。」高瀨分別看了菜穗子和真琴及老闆的臉這麼說，菜穗子立刻明白對話中的涵義。

「那個……沒問題的，我們不在意，是我們臨時要訂房比較不好意思。」

菜穗子訂房時，高瀨告訴她：很不巧只剩下一間房間，那間房間就是去年公一自殺的房間，所以他們決定短時間內不使用那裡。不使用的原因聽說是隱瞞自殺的事實，再讓客人投宿在那間房間會讓他們感到良心不安。

然而，對菜穗子而言，能夠住在公一死去的房間是求之不得的事。所以她向高瀨表示：

「那間房間沒問題。」

「可是……」老闆雙手交叉在胸前說。

「難道會有鬼魂出現嗎？」突然這麼詢問的人是真琴。

「怎麼可能。」老闆揮揮手說。

「沒聽過有那樣的事情發生。」

「這樣就沒問題了啊。如果我們住了沒事的話，你們也可以放心地再租給其他客人住，不是嗎？不然這樣下去，情況永遠不會改變的。」

真琴注視著老闆，老闆輕輕閉上眼睛，表情顯得猶豫，最後他才緩緩開口：「既然兩位都說沒問題，那就好吧。高瀨，帶客人去房間吧。」

菜穗子與真琴跟在高瀨後頭踏出步伐。

「最近的女性真是堅強啊。」老闆向醫生夫人答腔的聲音從身後傳來。

菜穗子心想，老闆居然沒有把真琴當成男生，不禁暗自覺得有趣。

通過交誼廳旁邊的走廊來到第三道門，就是真琴和菜穗子的房間。門上掛著寫有「蛋頭先生」的牌子。
「這是什麼意思？」真琴問道。
「進去就知道了。」高瀨邊打開門鎖，邊回答。
打開房門後，室內呈現客廳的擺設。雖說是客廳，不過也只擺設了一張桌面很高的桌子，以及兩張面對面擺設的硬椅子。房間右邊的角落有一個應該是用與桌椅相同材質做成的簡陋櫃子，左邊的角落擺著比公園的長椅還要小上一圈的長椅。
「這是什麼？」
真琴指向位置正好在櫃子上方的壁飾。壁飾是尺寸約為一面報紙版面大小的掛板，其四周有葉形的浮雕裝飾，中間刻有英文。上面的英文是這麼寫著：

Humpty Dumpty sat on a wall,
Humpty Dumpty had a great fall.
All the king's horses,
All the king's men,
Couldn't put Humpty together again.

「那是鵝媽媽童謠。」

高瀨伸手反轉壁飾，背面刻有日文，這些文字看起來像是新雕刻上的。

「這是老闆刻上去的。」高瀨說。

蛋頭先生坐在牆上，
蛋頭先生大摔一跤。
就算出動國王所有的馬匹，
就算出動國王所有的侍從，
也無法讓蛋頭恢復原貌。

「蛋頭先生是出現在路易斯．卡羅（Lewis Carroll）的《愛麗絲夢遊仙境》裡一顆態度傲慢的蛋。」菜穗子開口說道。她想起記得老早以前曾經讀過這個故事，也看過愛麗絲坐在石牆上，與滿口大道理的蛋互相問答的插畫。

「正確來說是出現在《愛麗絲夢遊仙境》續集的《鏡中奇緣》中的人物，他是鵝媽媽故事裡最有名的卡通人物。」高瀨表現出他多少知道一些知識。

「這塊壁飾從以前就有了嗎？」真琴問道。

「妳是指這裡變成度假山莊之前吧？聽說以前就有了。不只這間房間，所有房間都各有一塊壁飾。老闆因為覺得壁飾有趣，就拿童謠替所有房間取名字，所以這間房間就叫作『蛋頭先生』。」

「一共有幾間房間呢？」

「七間。」

「那就是說有七首童謠了喔？」

「不是的，有一部分的房間有兩首童謠的壁飾。」

「到時妳們就知道了。」高瀨說。

客廳最裡面還有一扇房門，高瀨也打開了這扇房門的鎖。房門一被打開，便看見兩張床並排著。

「這裡是寢室。」

兩人跟在高瀨後頭踏進寢室，寢室最裡面有一扇窗，床頭是朝向那扇窗並排著。兩張床的中間擺設著一張小桌子。

「請問……我哥哥是死在哪張床上？」菜穗子站在兩張床的中間問道。

一股灼熱的感覺湧上她的心頭，為了不讓這樣的情感變化被發現，她刻意壓低聲音，卻使得音調失去抑揚，變得不自然。

高瀨可能是喉嚨有些鯁住，他輕輕咳了一下，指著左邊的床說：「這張。」

「是嗎……是這裡啊。」

菜穗子用手心輕撫白色床單。一年前哥哥就在這裡入睡，然後再也沒有醒過來了。現在這樣撫摸著床單，不禁有種感覺到哥哥一絲絲體溫的錯覺。

「是哪位發現屍體的呢？」

聽到真琴的詢問，高瀨回答說：「是我。」

「雖然當時現場還有其他人，不過是我第一個進到寢室內發現的。」

「公一是躺在這張床上沒錯吧？」

「是的，可能是吃了毒藥後很痛苦吧，床單變得有點凌亂……真的是很遺憾。」

可能是想起當時的狀況，高瀨的聲音突然變得低沉，還稍微垂著頭。

「謝謝你。」菜穗子說。

不知怎地，菜穗子就是覺得想道謝。然而，現在不是感傷的時刻，菜穗子告訴自己，我不是來這裡悼念哥哥的。

「我聽說當時房間有上鎖？」菜穗子努力地讓自己的聲音聽來堅強。

「是的。」高瀨指向寢室的房門說：「不只那扇門，出入口的門也有上鎖。」

房間出入口的房門是使用沒有鑰匙、只能從房內上鎖的門鎖，而寢室的房門是使用門把上有按鈕，只要按下按鈕關上房門，就能夠自動上鎖的門鎖。真琴稍微看了一下門鎖後，往窗戶走去。

「那裡也鎖上了。」高瀨像是明白真琴的想法似的說。

「當時上面的鎖引起很大的爭議，我被警察詢問了好幾次。」

鵝媽媽度假山莊位置圖

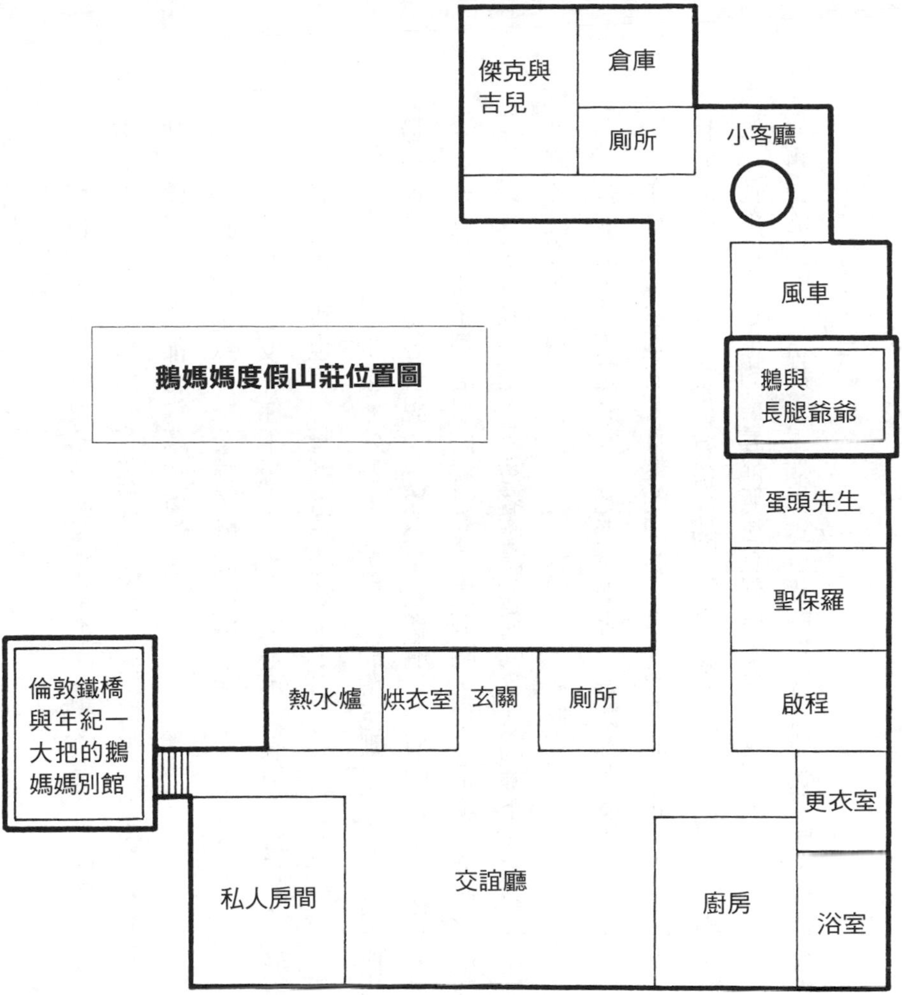

<房間內格局>

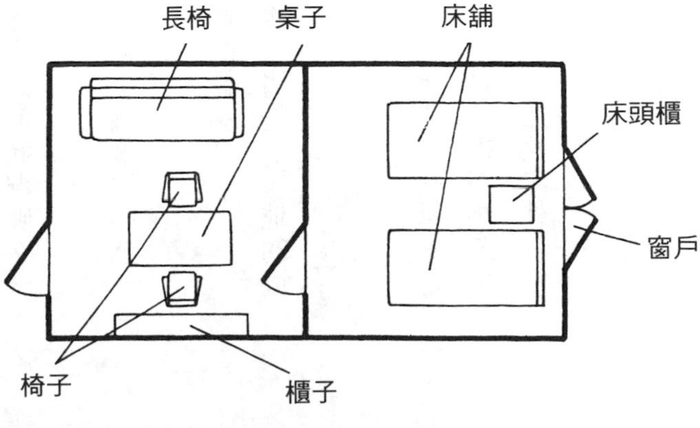

菜穗子也走到真琴旁邊觀察窗戶上的鎖。窗戶是兩層構造，外側是鐵窗，內側是玻璃窗，內外側都是使用左右對稱的窗戶，鐵窗是從中間朝外推開，而玻璃窗是朝內拉開的構造，兩扇窗戶上都有鉤環式窗鎖。

「真的很抱歉。」菜穗子轉向高瀨說。

「那個……或許你不想去回想，但是可以麻煩你告訴我，發現哥哥死去時的狀況嗎？」

老實說，我也不想聽到當時的狀況……

聽到菜穗子的要求，高瀨看著兩人的臉沉默了好一會兒，他的眼神透露出猶豫與困惑。最後他勉強擠出聲音說：「原來是這樣啊。」眉頭也跟著深鎖。

「兩位來這裡的目的就是為了這個啊，也就是說，妳們無法認同事件的經過？」

菜穗子沉默不語，思考著應該如何回答。高瀨不一定會站在她們這邊，可是少了他的協助就無法查明真相。

打破沉默的人是真琴，她老實地說：「你說得沒錯。」

菜穗子驚訝地看著真琴的側臉，但真琴表情冷靜地繼續說：「這位妹妹無法認同哥哥是自殺的結論，我想她會有這樣的感受是難免的事。親人在陌生的地方以不可思議的死法死去，任誰聽到這樣的消息都無法立刻接受吧？我們來這裡是為了要接受事實。除此之外，沒有再多的目的。當然了，如果對自殺的結論有所質疑時，我們會徹底調查。」

「真琴……」

真琴對著菜穗子眨了一下眼說：「俗話說不入虎穴焉得虎子，不過，如果沒有人在後面推一把的話，往往很難踏入虎穴。」

「謝謝……」

真琴怎麼會是個女孩呢。與事件毫無關聯的疑問在菜穗子的腦海浮現又隨即消逝。

或許是感受到真琴的決心，原本雙手撐腰、咬著下嘴唇的高瀨深深嘆了口氣，用力點點頭說：「讓我來說明吧！

「事情是在公一先生來到這裡的第五天晚上發生的。到了第五天，公一先生與其他熟客也都變得熟絡起來，會和大家一起玩撲克牌遊戲。那天晚上，有一位客人提議要找其他人玩梭哈，所以我就和那位客人一起前來邀請公一先生。那時我敲了門，可是房內沒有反應。我試著拉了拉房門，結果被我拉開了。也就是說，那時房門沒有上鎖。進去後，我又敲了敲寢室的門，結果還是沒有反應，那時寢室的門是鎖上的。和我一起前來的客人說公一先生有可能不在寢室裡，所以我們決定從窗戶確認看看。後來我們繞到屋子後面一看，發現窗戶也緊緊鎖上了。」

「有看到室內的狀況嗎？」

聽到真琴的詢問，高瀨搖搖頭說：「因為鐵窗也關上了，最後我們猜想公一先生可能在睡覺，就直接離開了。」

「那是幾點左右的事？」

「八點左右。在那之後，大概過了三十分鐘吧，因為人數還是不夠，所以我們決定再叫一次，結果這次連入口的門也鎖上了。我們猜想公一先生可能真的打算好好睡一覺，所以再度離開。

「又過了三十分鐘左右，這裡的女員工說覺得有些不對勁，她說以公一先生平常的作息來看，沒理由那麼早就寢，而且房間裡還完全沒有動靜。聽到女員工這麼說，突然教人擔心了起來，可是再敲了門也還是沒有反應。所以我們才下定決心用備份鑰匙開門進去。因為寢室的門也鎖上了，所以也打開了那裡的門鎖。結果進去一看……」

「發現公一先生死在裡面，是嗎？」

「是的。」高瀨看著真琴說。

菜穗子是坐在哥哥死去的床上，手掌平放在白色床單上聽著高瀨敘述事情的經過。哥哥在密室裡究竟是思考著什麼，在什麼樣的感覺下死去的呢？

「當然了，警方以他殺的可能性做了很仔細的調查。可是，並沒有發現到什麼線索。」

「毒藥的調查呢？聽說那毒藥是烏頭鹼，對這毒藥的來源，你知情嗎？」

高瀨表情嚴肅地搖搖頭說：「完全不知情，這點警察也反覆問了我好幾次。」

「這樣啊。」真琴把視線轉向菜穗子。

「這就是發現時的狀況，我知道的就這些，其他人應該也是。」

高瀨用著一副「這樣滿意了嗎？」的表情看著兩人，真琴點點頭回應他的視線。

「謝謝你，我們有可能還會再請教你問題……」

「沒問題，不過我有條件。」

「什麼條件？」

「兩位不能告訴其他人妳們在調查去年的事件，因為其他客人來這裡是為了放鬆身心，如果被質問一大堆問題，一定會覺得不舒服吧。還有，如果有什麼新的發現，一定要向我報告，我想這是我應有的權利。」

「我們可以接受不告訴其他人的條件。」真琴回答，兩人原本就是這麼打算。「至於要向你報告調查結果的條件，原則上是沒問題。但是，萬一發現不能告訴你的事呢？」

高瀨聽了，臉上浮現一抹苦笑說：「妳的意思是指萬一發現我很可疑的話嗎？」

「是的。」真琴的嘴角也微微上揚。

「如果調查結果是那樣的話，妳們也只能對我說謊了吧？」

「那麼，就這麼決定。」真琴一臉認真地回答。

在這之後，高瀨簡單做了用餐時間及洗澡事宜的說明後，便把房間鑰匙交給菜穗子，並走出房間。

菜穗子發現只有一把鑰匙，於是開口問說：「寢室沒有鑰匙嗎？」

「原則上我們是要求客人不要鎖上寢室的門，如果交付兩把鑰匙給客人，很容易發生不必要的爭執。」高瀨這麼回答。

「一直都是這麼做嗎？」真琴問。

「一直都是，去年也是。」高瀨眨了一下眼說。

高瀨離開後，菜穗子在床上躺了好一會兒。一想到去年此刻，哥哥就像這樣躺著死去，一股難以形容的感慨襲上她的心頭。那是一種近似懷念的感覺。

「真琴，對不起喔。」

「幹嘛突然道歉？」

「都讓妳幫我發問。」

「沒關係啦。」

真琴站在窗邊，注視著窗外的景色。

她突然用著不帶情感的口吻輕聲說：「剛才那位夫人說因為什麼都沒有，所以才會來這裡，其實事實應該相反。」

「相反？」菜穗子坐起身子問：「什麼意思？」

「雖然我也不知道為什麼。」

真琴露出犀利的眼光看著菜穗子說：「但是就覺得大家會聚集在這裡，應該不是因為什麼都沒有，而是這裡有些什麼才對。」

第二章　「倫敦鐵橋與年紀一大把的鵝媽媽」別館

1

菜穗子與真琴換了衣服來到交誼廳，便看到大鬍子的老闆隔著吧台和一名年輕女性在說話。那名年輕女性綁著馬尾，臉型略圓，年約二十五歲上下。她看見兩人出現後，輕輕點了點頭。菜穗子本以為她也是投宿在這裡的客人，卻聽到老闆站在吧台裡介紹：

「她是這裡的員工，名字叫核桃。」

「好難得喔！會有這麼年輕的女孩來我們這裡住。」

核桃開心地在胸前合掌，銀色項鍊在她的胸前搖晃，那是一條小鳥形狀的項鍊。她的個性比外表給人的印象還要開朗，如果在大都市裡，她一定會很受男生歡迎。菜穗子的腦海瞬間浮現這樣的想法，而真琴卻是一副不感興趣的表情。

兩人點了總匯三明治及柳橙汁後，選了靠窗的圓桌坐下來，過了一會兒後，核桃端著料理走來。

「聽說兩位都是大學生啊？」核桃抱著托盤，站在桌子旁邊這麼詢問。

真琴回答：「是的。」

「該不會是……體育學科的吧？」

核桃應該是看了真琴的體格才這麼問的吧。

「是社會科學學科。」真琴表情沉穩地說。

核桃聽到不熟悉的科系名稱，雖然表情顯得有些詫異，但她只說了句：「這樣啊？好像很艱深的樣子。」也就沒再多問大學的事。

「妳們怎麼會決定來這裡呢？」

真琴沉默了一會兒，回答：「就覺得想來。」

為了怕說太多話反而容易穿幫，菜穗子與真琴兩人已事先說好盡量回答一些含糊的答案。

「妳們怎麼知道這裡的呢？是有人介紹嗎？」

核桃看著菜穗子發問，或許她是看到都是真琴在回答，怕冷落了菜穗子。菜穗子原本打算回答是朋友介紹，但又想到那樣核桃肯定會追問是誰。這時如果說出公一的名字當然不妥，但是隨便給一個名字，又一定會立刻穿幫。

「書上知道的。」

菜穗子想到了個最安全的答案，核桃似乎也能夠接受這個答案。

「這樣啊。也對啦，很多雜誌都有介紹我們這裡。」核桃點點頭說。

「妳從什麼時候開始在這裡工作的呢?」菜穗子試著詢問。
「三年前。」核桃回答:「不過,我只有冬天會在這裡工作,因為夏天最忙的時候我顧著玩樂,所以偷懶沒工作。」
「核桃她啊,重要的時候就不見人影。」老闆似乎聽到了她們的對話,站在吧台裡大聲說。
核桃轉向老闆嘟起嘴巴說:「所以我冬天不是忙得像個陀螺在打轉嗎?我的工作時數絕對有超過女生的勞工規定時數。」
「是誰忙得像個陀螺啊?」
突然有聲音從走道的方向傳來。往聲音傳來的方向一看,一名身穿黑色毛衣的男子,從菜穗子和真琴剛剛經過的走道緩緩走了出來。男子與老闆的年紀相仿,身形瘦削。他的頭髮用髮油固定住,三七分髮型分線彷彿是用直尺畫出來一般筆直。有種近似植物般沉靜的感覺是菜穗子對他的印象。
「上條先生。」核桃喊了男子一聲。
「你有意見嗎?」
「不敢,我怎麼敢有意見?因為是頭一遭聽到這樣的事,我還以為我聽錯了呢。」
上條一邊用手壓住頭髮的分線,一副理所當然的模樣走近菜穗子和真琴,然後對著核桃說了句:「我要黑的藍山咖啡,Miss Nut。」

他轉頭朝菜穗子微笑，並伸出手掌指向菜穗子和真琴前方的椅子說：「我可以和兩位一起坐嗎？」

「請坐。」真琴沒看對方一眼，態度冷淡地回答。

然而，上條卻是一副不以為意的模樣。他蹺著二郎腿，觀賞兩人吃三明治的模樣好一會兒後，開口問道：「我聽醫生夫人說兩位好像是住在那間『蛋頭先生』啊？」

「是的。」菜穗子回答。

「兩位知道那間房間是……」

「知道。」

咻——！上條吹了聲口哨。

「看來不是只有外表勇敢而已，那位核桃小姐啊，她到現在還不敢一個人進去那間房間呢！」

「事件發生時，上條先生也住在這裡嗎？」真琴吃完三明治後，一邊把果汁的吸管往嘴裡送，一邊這麼詢問。

上條說了句：「當然。」然後彈了下手指。

這男人好吵。菜穗子如此想著。

「我住的房間叫『Mill』，去年也是住在同一間。」

「Mill？」

「Mill是風車的意思，這名字是這裡所有房間中最無趣的一個。」

上條接著唸了一大串英文，內容似乎是〈風車〉的童謠歌詞，但是菜穗子完全沒聽懂他在唸些什麼，這不是因為他的英文太流利，菜穗子對自己的英語能力還挺有自信的。她之所以沒聽懂，全因為上條的發音太破了。

「當風一吹，風車就轉動；當風一停，風車就不動——就只是這樣的意思而已，歌詞如果能夠再幼稚一點的話，就有趣多了。」

「你有和那位自殺的客人說過話嗎？」

眼看上條的話題逐漸偏離主題，菜穗子急忙拉回話題。上條一副以這件事為傲的表情，撐大鼻孔說：「那當然，相信不久之後，兩位自然就會明白，只要是住在這裡的客人，彼此之間都會產生很強的同伴意識。去年死去的那人也是。在他死之前，他和大家一直都相處得很愉快，所以他會自殺真的讓我很震驚。不過，如果是精神衰弱，那也是沒辦法的事。」

「你和他都說了些什麼呢？」菜穗子發問後，才覺得自己好像太追根究柢，感到有點不安。

然而，上條似乎不太在意，他回答說：「談了很多啊。」

這時核桃端來上條的咖啡，對話因此中斷。

等到核桃離開後，上條立即繼續說：「只要住在這裡，人們自然會有共通話題可聊。比方說，這座度假山莊本身就是個話題。為什麼英國人會賣掉這裡啊，為什麼房間裡會有鵝媽媽童謠的壁飾啊……這些事只要問老闆就可以知道答案了。不過，去年死去的那個人似乎對這些事特別感興趣。」

上條把咖啡杯往嘴裡送，一臉滿足地啜飲了一口。咖啡的芳香飄向了菜穗子。

菜穗子想起公一在大學是專攻英美文學，雖然她不清楚公一研究的具體內容，但她相信公一會對鵝媽媽童謠感興趣。

「對了，這座度假山莊還有一件令人毛骨悚然的事。」

上條分別看著兩人的臉，探出身子，他的聲音也變得低沉。

你才令人毛骨悚然吧！菜穗子忍住不讓自己說出這樣的話，仍然把耳朵傾向上條。

「去年確實有人在這裡死掉沒錯。可是啊，前年其實也有人死掉。所以去年是第二次發生死亡事件。」

「兩年前也……」

菜穗子的身體不由得顫抖了起來，她看向真琴，真琴的表情也顯得僵硬。

「是怎麼……死的呢？」

聽到真琴顯得緊張的語調，上條似乎感到很滿意。

「算是意外死亡……算是吧。」

上條指向菜穗子和真琴身後的窗戶。

「想必兩位不久後也會想在這附近散散步吧？到時候兩位可以繞到山莊後方瞧瞧，那裡有座很深的山谷，可以看見一條幾乎沒有水在流動的河川。那山谷有座老舊的石橋，聽說那個人就是從那裡摔下去的。」

「你說算是意外是什麼意思呢？」

真琴朝已喝光柳橙汁、只剩下冰塊的杯子裡吹氣，發出喀啦喀啦的聲響。

上條瞥了一眼吧台的方向，然後把聲音壓得更低沉地說：「就是沒有發現確切證據的意思。如果是墜落身亡，依屍體的狀況很難判斷出是意外、自殺，還是他殺。當時並沒有發現遺書，所以不是自殺，也沒有發現可疑的人，所以也不是他殺，這樣就只剩下意外囉……總之，事件就這樣以隨隨便便的理由草草結案了。」

「當時你也住在這裡嗎？」

菜穗子也被這話題給吸引住，內心一股奇妙的感覺加快了心跳的速度。

上條翹起下唇，一臉苦澀的表情。

「很可惜，我晚了一步。我是在事件發生後的第三天才來到這裡。別說是屍體了，就連那個人住的房間也被清理得乾乾淨淨的，連一點火柴棒燃燒的灰燼都找不到。當我知道發生這事件時，本來還想假裝自己是福爾摩斯調查一番呢。」

上條喝了一口咖啡，哈哈笑了起來。

「那個人是住在哪間房間呢？」

菜穗子害怕地想著：該不會是「蛋頭先生」吧？如果真的是，那就太令人毛骨悚然了。

「妳猜是哪裡呢？」上條神情愉快地問。

菜穗子搖了搖頭，在她身邊的真琴以冷淡的口吻說：「是『風車』。」

上條的眼神露出光芒，他舉高雙手擺出投降的姿勢。

「沒錯，妳真是一位了不起的女性！聽說醫生和高瀨把妳當成男生啊？真不知道他們在想什麼，就是因為這樣，所以一個才會被老婆吃得死死的，另一個到現在還交不到女朋友。」

「為什麼上條先生要住在那間房間呢？」菜穗子問道。

上條笑著回答：「也沒什麼理由啦！我剛剛也說了，我不過是有點感興趣，所以才想住住看。哪知道一旦成為熟客，這裡每年都會安排一樣的房間給客人。老闆好像認定我喜歡那間陰森森的房間，所以從那之後，我的房間每年都被安排在『風車』。」雖然上條嘴裡這麼說，但他卻是露出詭異的表情不懷好意地笑著。

比起那間「風車」，這個男人住在那間房間裡的事實更令人毛骨悚然。菜穗子在心裡對著男人吐舌頭。

「不好意思，讓兩位聽了這麼多無聊的話。」

上條放下咖啡杯，看了一下手錶後，站了起來。

「很高興認識兩位，兩位的房間再往裡面走的第二間房間就是我住的房間，只要妳們想來，隨時歡迎。」

上條對著菜穗子伸出右手，看來他似乎是想要握手。雖然菜穗子不大願意與他握手，但為了她們的計畫，她決定伸出手來。男人雖然看來瘦削，但他的手卻顯得粗硬。

上條也與真琴握了手。如果菜穗子的注意力沒有被上條說出的那句「堅強的女性最美麗」，如此裝模作樣的台詞給拉走，或許她就會發現真琴的眼神頓時變得犀利。

「如果想知道兩年前的事件，妳們可以問主廚，他好像知道很多事情。」

上條留下這句話，便消失在走道盡頭，菜穗子看了一下四周，才發現老闆與核桃已不見蹤影。

「討人厭的傢伙。」菜穗子一邊在牛仔褲上來回摩擦右手，一邊尋求真琴的贊同。

菜穗子知道真琴討厭男人，特別是那種類型的男人。

「嗯，是啊……」

然而，對於菜穗子說的話，真琴卻顯得漫不經心，她注視著右手掌好一會兒，最後簡短說出一句：

「可是……這個人大意不得。」

2

到谷底應該有幾十公尺的距離吧。坡面呈現的銳角與其說是山谷，不如以斷崖來形容更貼切。站在邊緣往下一看，感覺整個人彷彿快被吸進去似的。這對有懼高症的菜穗子來說，只要看上幾秒鐘就會感到不舒服。

正如上條所說，鵝媽媽山莊的正後方確實有座山谷，與對岸之間的距離大約有二十公尺左右，那距離感覺很近，彷彿長在對岸斜坡上的樹木就要朝這邊伸來似的。

「那好像就是他說的石橋。」

真琴指的石橋就像是一塊插入斜坡的巨大石塊。那不算是橋，應該算是橋的殘骸。整座石橋有百分之七十的部位在對岸，百分之二十的部位在這岸。至於剩下的百分之十，聽說是掉落在谷底。

「從這裡摔下去，肯定當場死亡。」

菜穗子還來不及說話，真琴就已站上石橋，前端斷裂的石橋大約只有兩公尺長，真琴在石橋前端蹲下身子。

「太危險了，快回來啊！」菜穗子在真琴後方呼喚，聲音劇烈顫抖著。

石橋上覆蓋著一層白雪，真琴看起來好像隨時會滑倒，立在石橋前方，寫有「危險」字樣的立牌顯得特別有說服力。

「這座石橋似乎很早以前就斷了。」

真琴站起身子，緩慢地走了回來。

菜穗子放下原本蒙住眼睛的手，開口問：「怎麼了嗎？」

「剛剛聽到的那個事件，我在想那個人為何會從這裡摔下去。我本來以為是那個人走到一半時，石橋突然斷裂了。可是，上條並沒有提到這樣的事。如果說兩年前發生事件的時候，這座石橋早就斷了的話，那麼，那個人究竟是為了什麼目的來到石橋呢？」

「為了什麼目的……」

菜穗子朝橋下的方向看去，瞬間又拉回視線，光是這樣就讓她覺得膝蓋一陣刺癢。

「應該是在散步，結果卻滑倒了。」

「散步？在這個就只有石橋的地方散步？而且還一個人？」

「上條又沒有說是一個人。」

「依上條的說法是不確定是意外、自殺，還是他殺，這就表示沒有目擊者。如果是兩個人在散步，那就應該有目擊者。」

「妳想說什麼？」

「我沒有想說什麼。」真琴一邊朝著走來的方向往回走，一邊說：「我只是有點在意，兩年前的事件和去年的事件有沒有關聯而已。」

「哥哥去年是第一次來到這裡的耶！」

「是妳自己先說無法認同自殺的說法吧，那就必須想到所有的可能性……咦？」

真琴停下腳步，朝山谷下方看去。在這岸的斜坡上，距離二十公尺左右的下方。

「有人在那裡。」

菜穗子提心吊膽地也跟著往下看，她看見樹木之間有白色物體時隱時現。

「看來是一個人，不知道在那種地方幹嘛？」

「是在賞鳥嗎？」

「誰知道。」

真琴做了一次傾頭的動作後，繼續往前走。兩人忘了原本交談的話題，彼此沉默了好一會兒，就在菜穗子打算開口說話時，某處突然傳來「在散步啊？」的聲音。這時兩人正好走到要轉進山莊正面的轉角。

「這邊，在這邊。」

菜穗子和真琴四處張望找著聲音傳來的方向時，再度傳來聲音。先把視線移向上方的人是真琴。

「啊……」

菜穗子也隨著真琴看向上方，她看見醫生夫人正在尖屋頂下方的二樓窗戶旁邊揮手笑著。這座度假山莊設有二樓的房間，只有這棟建築物以及另一間房間。

「夫人，你們是住在那間房間嗎？」菜穗子一邊詢問，一邊羨慕地想著從那位置眺望的景色一定很美吧。

「我們住的房間包括這裡和樓下的房間，要不要進來坐一下呢？」

「方便嗎？」

「當然方便啊，對吧？」

最後說的「對吧？」是對屋內的醫生說的話。菜穗子看了真琴一眼，真琴也點了點頭。

「那麼，我們就不客氣了。」菜穗子朝上方說。

醫生夫婦的房間是獨棟建築物，與菜穗子和真琴的房間並非同一棟建築物，也就是所謂的「別館」。這裡與本館之間有連接走道相連，不用經過玄關就可以進出房間。菜穗子和真琴走到這間房間專用的屋門時，看見門上掛著門牌，上面寫著：「倫敦鐵橋與年紀一大把的鵝媽媽（London Bridge and Old Mother Goose）」。

「這房間的名字還真長。」

「因為是兩層樓的關係吧？」

雖然菜穗子只是隨意這麼回答，但前來迎接的夫人微笑說了句「沒錯」，並邀請她們入屋內。

進到屋內後，看見了一組會客桌椅，正中央擺設了一張乳白色桌子，色調穩重的咖啡色沙發圍繞在桌子四周。

醫生從沙發站起身子，也露出笑容說：「歡迎。」

他已經換上了胸前開釦的藍色針織外套。

「我來泡茶好了。」房間的角落甚至還擺設了小型酒吧，夫人一邊取出裝有日本茶的罐子，一邊說：「就只有這個得從東京帶來。」

菜穗子環視了屋內一圈，牆壁及家具一律都是採用咖啡色系的素雅顏色，只有窗簾是暗深綠色。

「她啊，很喜歡這間房間。」

醫生一邊把菸灰彈在桌上的菸灰缸裡，一邊稍稍把頭傾向妻子的方向。

「所以老闆也很貼心地為我們預留這間房間。」

「咦？喜歡這間房間的人不只我吧！你自己不也說過不要住其他房間。」

「我只是覺得住習慣的房間比較知道擺設位置，這樣比較方便而已。」

「又說這種話……總是愛逞強。」

夫人把倒入日本茶的茶杯一一擱在桌上，在這樣的地方飄來日本茶的香味，不禁讓人陷入一種懷念的錯覺。

「原來一樓的房間名字是『倫敦鐵橋』啊。」菜穗子發現掛在正面牆上的壁飾這麼說。眼前的壁飾與菜穗子她們的房間的壁飾使用相同的材質，有著同樣的浮雕裝飾。上面寫的英文字跡也一樣：

London Bridge is broken down.
Broken down, broken down,
London Bridge is broken down,
My fair lady.

「我可以看一下嗎？」

真琴等不及夫婦回答，便走近壁飾，並伸手反轉壁飾。菜穗子一看，發現壁飾背面果然也刻有翻譯：

倫敦鐵橋垮下來。
垮下來，垮下來，
倫敦鐵橋垮下來，
我美麗的女士。

真琴把壁飾恢復原狀後，便開口問說：「菜穗子，妳懂嗎？」

菜穗子輕輕搖搖頭說：「英文的意思當然懂……只是完全不懂這想表達什麼。」

聽到菜穗子這麼說，醫生兩手拿著杯子，他的眉毛和眼睛變得比原本還要下垂。

「意思不明本來就像是鵝媽媽童謠的專利。」醫生如此說明：「裡面的歌詞好像都是憑感覺寫出來的。比方說，這樣寫比較好唱啊，還是這樣寫感覺比較有趣之類的。」

真琴坐回沙發上，說：「您說比較好唱，這就表示也有旋律，是嗎？」

開口回答的是夫人。

「有啊，鵝媽媽就像是英國民族童謠的暱稱，好比說〈瑪莉有隻小綿羊〉（Mary had a little lamb）就是鵝媽媽童謠。」

「啊，我知道那首童謠，『瑪莉有隻小綿羊——小綿羊——小綿羊——』，是這首沒錯吧？」

菜穗子試著唱了出來，那是她很早以前就學會唱的旋律。

「應該還有很多都是大家耳熟能詳的歌曲，只是不知道那是鵝媽媽童謠而已。相信『倫敦鐵橋』一定也有屬於它的旋律。不過，聽說這首童謠的歌詞會讓人覺得奇妙，不單純只是比較琅琅上口而已，會有這樣的歌詞是有原因的。」

想必夫人不是故意要吊人胃口，但她輕啜了口茶，笑著說了句「果然還是日本茶好喝」後，才繼續說：

「聽說在英國確實有座倫敦橋，這座橋每被建造好，就立刻會被沖走。據說這是發生在十世紀到十二世紀的事，英國人不管在泰晤士河上建造多少次的橋，橋總是會被沖走，所以，英國人就把這樣的心情寫成歌。其實這首童謠還有後續的歌詞，因為用泥土建造也被沖走，所以這次換用磚塊建造，磚塊也垮了，所以換用鋼鐵建造——歌詞的意思就像這樣一直變換愈來愈堅硬的材料，到最後是用石頭建造。據說到了十三世紀，確實成功建造了石橋，石橋被使用了長達六百年的時間，直到石橋被摧毀前都沒被沖走呢。」

「您懂的知識真多。」

真琴誇獎了夫人的博學多聞，菜穗子也有同感。
「哎呀，沒那回事啦！」夫人露出愉快表情靦腆地說。
但在她身旁的醫生也附和：「沒那回事，她是跟老闆現學現賣的。」一副老早就對這話題失去興致的模樣。
夫人轉向丈夫鼓著臉說：「可是，我還記得內容，這不是很了不起嗎？哪像你啊，就連去年在月台上跌倒的事都不記得。」
「每次一有客人來這裡，就說一樣的話給客人聽，就算記憶力再差的人也記得住。」
「你是在說我記憶力差嗎？」
「不好意思……」
真琴從旁插話，她的舉動彷彿在說我們可不想在這裡聽你們夫妻吵架似的。
「老闆很了解鵝媽媽童謠嗎？」
夫人像是記起真琴兩人的存在似的紅著臉說：「對啊，聽說每間房間的壁飾上的英文都是老闆翻成日文的，他在翻譯時好像有下了一點工夫呢。剛剛這個人也說了，倫敦鐵橋的故事就是老闆告訴我的。可是一般人就算聽了，沒多久就會忘記，不是嗎？」夫人果然十分堅持。
真琴掛起笑容說：「是啊。」
菜穗子想起先前上條說的話，他曾提到老闆知道為什麼房間裡會有鵝媽媽童謠的壁飾。或許有必要向老闆問個仔細。菜穗子如此想著。

「既然這間房間是『倫敦鐵橋』，那表示二樓的房間是『年紀一大把的鵝媽媽』囉？」
真琴詢問。
夫人回答說：「對啊。」
「可以讓我們看看二樓的房間嗎？」
「當然沒問題，二樓的房間也很不錯呢。」
夫人像是早就在等真琴發問似的，從沙發上迅速站起身。
「二樓沒什麼特別值得一看的地方，她啊，太誇張了。」聽到醫生如此掃興的發言，夫人回頭瞪了他一眼。
二樓的房間是寢室。這裡與菜穗子和真琴的房間一樣有著窗戶，也排列了兩張床。不過，由於這裡的面積比較大，因此衣櫃之類的家具顯得相當充足。應該是醫生夫婦倆的行李就擱在房間的角落。因為行李的數量似乎比在車站看到的還要多，所以菜穗子納悶地歪了歪頭。
這時，夫人開口說：「我們先把大件行李用快遞寄來這裡的。」
夫人從菜穗子身後推著她走向窗戶。
「從這裡眺望出去的景色最美了。」
夫人有些裝模作樣地打開窗戶。
「妳看那山脊線，就像絲綢被攤開來似的，不是嗎？山真的很不可思議呢。依陽光的強度不同，山可以有好幾種不一樣的表情。有時原本看起來還是淡藍色的山，一下子就會變成像山水畫一樣的顏色呢。」

如果想要眺望這附近的雪山，這裡的確是最佳位置。菜穗子如此想著。看著陽光在純白如畫布的山脊上，展現光線藝術或許能夠讓人感動。不過，那也得在欣賞者有閒情逸致的時候。對於注意力從剛剛就一直集中在壁飾的真琴來說，雪山反射過來的光線只會讓她感到刺眼吧。

「從這裡看出去的景色很美……真是很不錯的房間呢。」

菜穗子離開窗戶邊，技巧性地把視線拉回屋內。

「咦？真琴，妳在看什麼啊？」

真琴反轉壁飾，正在看背面的日文翻譯。

「這首童謠也相當難懂。」

「讓我看看英文。」

「嗯。」真琴把壁飾的正面朝向菜穗子。

Old Mother Goose,
When she wanted to wander.
Would ride through the air
On a very fine gander.

年紀一大把的鵝媽媽，
每當她想出門時。
就坐在美麗的鵝上，
在天空翩翩翱翔。

「這上面這樣寫著。」真琴一邊看著背面，一邊唸出來。

「的確是很難懂的詩。」

菜穗子雙手交叉在胸前，歪著頭說：「Goose的意思應該就是鵝啊，為什麼鵝會騎在鵝的身上飛翔呢？」

夫人不知何時已來到菜穗子身邊。

「老闆好像也不是很明白這點。不過，聽說就繪本上的插畫來看，這個鵝媽媽指的不是母鵝，而是人類的老婆婆呢。老闆說過這應該是老婆婆的暱稱之類的。」

「這首詩也像〈倫敦鐵橋〉一樣有什麼涵義嗎？」菜穗子試著詢問。

「我是不知道有沒有什麼涵義，不過，這首詩同樣也有後續，故事好像會一直連續下去呢。可是，根據老闆所說，這首詩應該不像〈倫敦鐵橋〉那樣有歷史背景。」

「原來如此……不過，夫人，您的記憶力真的是很好呢。」

雖然這是菜穗子挖苦夫人淨是說一些向老闆現學現賣的話，但夫人卻是一副單純感到開心的表情說：「謝謝。」

「我說啊，比起聊這些，不如過來這邊欣賞大自然的繪畫吧。很難得有這麼好的天氣，怎麼能錯過這個機會呢。」

夫人似乎非常堅持從這個特別席眺望景觀，菜穗子只好無奈地陪她一同欣賞。真琴也是一副不感興趣的表情站在旁邊。不過，真琴在窗戶邊指出去的方向，並非夫人引以為傲的宏偉山景，而是近在腳邊的山路。

「那個人是誰？」

菜穗子也把視線移向真琴指的方向。她看見一名登山裝扮的男子低頭默默地爬著山路。菜穗子心想他一定是剛剛在山谷裡的人。

夫人也把視線移向男子的方向，她立刻用很懷念的口吻說：「喔。」

「那是江波先生，他還是老樣子。」

「老樣子是指？」真琴詢問。

「江波先生的興趣是觀察特別的昆蟲和植物，好像也喜歡賞鳥呢。當然囉，他也是這裡的熟客。」

「他是一個人來這裡嗎？」

「對啊，每次都是一個人來。」

「這樣啊……一個人來啊。」

真琴露出懷疑的眼神看著登山裝扮的男子，菜穗子覺得自己似乎能夠猜出真琴在想什麼。不管是上條也好，還是江波也好，為什麼他們會每年獨自一人來到這個什麼都沒有的地方投宿呢？換成是菜穗子的話，她絕對不願意自己一個人來。就是因為這樣，才會請真琴一塊來的。

菜穗子耳邊再度響起真琴剛剛說過的話：大家會聚集在這裡，不是因為什麼都沒有，而是這裡有些什麼……

3

兩人離開醫生夫婦的房間後，通過連接走道回到本館。進入本館後，先看見一間房間，接著就是交誼廳。交誼廳的圓桌座位上不見任何人，老闆正在吧台與一名肥胖的男子談天。男子的身材有如摔角選手般粗壯，或許是因為脂肪比較多，所以不怕冷，穿著短袖襯衫。然而，男子發現菜穗子和真琴後，朝兩人投射過來的目光卻讓人感覺像是動物園裡的大象般溫和。

「他是這裡的主廚。」老闆向菜穗子和真琴介紹。

肥胖男吃力地從吧台的椅子站起身子，禮貌地垂下他大大的頭。

「對料理有什麼不滿意，或是想要點菜的話，不用客氣請跟我說，兩位難得來到這麼遠的地方，如果讓兩位失望，那就太過意不去了。」

「應該沒必要記住他的名字吧，說到主廚，就只有他而已，而且他認為被稱呼為主廚覺得很驕傲哩！」

「老闆，別嘲笑我了，你自己的名字也超難唸的……叫什麼來著？五圓……不對。」

「是霧原。」

「對、對，聽起來都差不多，比起被叫得好像只價值五圓，我看你是想被稱呼為老闆感覺比較舒服吧。不說這些了，小姐們有什麼不敢吃的食物嗎？」

「沒有。」真琴明確地回答。

或許主廚是根據真琴的體格做了猜測，他一副很能理解的模樣點了點頭。菜穗子也回答了自己幾乎沒什麼不敢吃。事實上，她也沒什麼不敢吃的食物非得請主廚不要放進料理。

「這樣最好了，現在坊間到處都是一些沒價值的減肥書，其實只要吃得均衡不挑食，自然就會有好身材。不過，這話從我口中說出來，可能一點兒說服力都沒有喔。」胖主廚說罷，笑了一下，便往吧台裡面的廚房走去。

老闆看著主廚走進廚房後，眨了一下眼說：「他的手藝很好喔。」

「對了，有事想請教老闆一下。」真琴一邊說，一邊坐上原本老闆坐著的椅子。

菜穗子立刻發現真琴的目的，也跟著坐在旁邊。

「是有關鵝媽媽的童謠。」

「喔。」老闆的臉上浮現牽強的笑容。「有人告訴妳們每間房間的壁飾上的文字都有典故，還是一些有的沒的，對吧？」

「上條先生說的……」

老闆的大鬍子底下露出一副「我就知道」的表情。

「他每次都會誇大其辭，真是敗給他了！真的沒有什麼值得講給兩位聽的。」

「可是，上條先生說這是熟客之間的共通話題。」

老闆又再說了一次「真是敗給他了」後，繼續說：「沒那回事，那只是上條先生自己隨便說說而已。」

「可是……」

「是真的。」老闆停頓了一下。「沒什麼值得提的事，鵝媽媽童謠也沒什麼特別的涵義，單純只是室內裝飾品而已，如果覺得沒品味的話，不如就拿掉兩位的房間裡的壁飾吧？」

菜穗子感覺到老闆的語氣中帶著怒氣。

「我們怎麼可能這麼想。」真琴揮著手說：「我們不是這個意思。」

「既然這樣，」老闆把擦拭咖啡杯的布巾朝向流理台一丟，說道：「就別再說了，不好意思，我還有工作要忙。」老闆語氣強硬地說完，便走出吧台，消失在走廊盡頭。有說了什麼不該說的話嗎？兩人嚇呆了似的目送老闆的背影遠去。

這時，主廚的龐大身軀從廚房走了出來，他伸長粗短的脖子，確認老闆的身影消失後，皺起眉頭說：「妳們問的時機不對。」

「我們說了什麼讓老闆不高興的話嗎？」菜穗子擔心地問。

主廚聽了，輕輕搖搖頭說：「沒關係，不用在意。那傢伙喝了酒或是心情好的時候，自己也會主動說出來，看來今天是他心情不好的日子。」

「這是怎麼回事啊？」

聽到真琴這麼問，主廚往老闆消失的方向再做了一次確認後，在嘴邊豎起他肥短的食指說：「不能說是我講的喔。」

菜穗子與真琴兩人互看一眼後，把身子傾向主廚的方向。

「應該有八年的時間了吧。」

主廚一邊做了這樣的開場白，一邊看向牆壁上的年曆。那是一張在精細海圖上，以設計字體印刷出一整年日期的年曆。主廚似乎是看著印在上面的年份說話。

主廚先說了以下的故事：

八年前老闆是個上班族，根據主廚的說法，老闆任職的公司是一家沒什麼特別、也沒什麼必要說明的公司。另一方面，主廚當時就是個廚師，他本人表示那時他已擁有一流的手藝。老闆與主廚當時已是好友，除了兩人之外，還有一位感情要好的朋友。這位好友是位英國婦人，有個六歲大的兒子。她是個寡婦，丈夫在交通意外中身亡。她的丈夫和老闆是登山同伴，三人也是因為這樣才變得熟絡。現在的鵝媽媽山莊就是英國婦人丈夫的別墅。

「可是，這六歲大的兒子死了。」主廚有些哽咽地說。

「那時我和老闆兩人正好一起到這山莊來玩。那天晚上下著雪，男孩到了很晚都沒有回家。我們叫了救難隊，所有人都出去找男孩，可是都沒有找到。一直到了隔天早上才找到男孩。母親的執著真的非常讓人佩服，天還沒亮她就獨自出發，並且找到兒子。聽說男孩是從山崖跌落，被掛在樹枝上。」

主廚似乎是想起當時的事，他沉默了好一會兒後，深深嘆了口氣。

「英國婦人在事件發生後，提出想要賣掉別墅，理由是要回故鄉去。另一方面，老闆當時的夢想就是擺脫上班族生活，經營度假山莊。老闆從學生時期就深深被山吸引，文書工作只會讓他覺得痛苦罷了。從建築物的品質來看，英國婦人提出的別墅價格可說是難以置信地便宜，而且別墅只需稍微裝潢一下，就可以成為一座像樣的度假山莊。

「對老闆來說，這可是人生的最大轉機。對我來說，當然也一樣。因為我們有約定如果那傢伙實現夢想當上度假山莊老闆時，就由我來擔任主廚。那傢伙當然同意買下別墅了。」

主廚說罷，眨了一下眼睛。

「老闆的決定讓英國婦人相當開心，她還說這樣她就可以安心地回到故鄉去。不過，那時英國婦人提出了一個條件，這個條件非常不可思議。

「每間房間都有一塊壁飾，我希望不要拿掉或是掉換壁飾——這就是她的條件。然後，她還說希望不要增建或拆掉房間。」

菜穗子不由得喃喃說：「好奇怪喔。」

「當然奇怪啊，所以我們不斷追問她理由是什麼，可是她怎麼也不肯說，只是沉默地笑著。」主廚收起臉上不自然的笑容，以認真的表情看著菜穗子和真琴說：「過沒多久後，她就自殺了。」

菜穗子倒抽了一口氣，真琴也久久發不出聲音來。

主廚壓抑著情感，用沒有抑揚頓挫的語調繼續說：「她是在東京的住家公寓裡吃藥自殺，身旁留有給我們的遺書，遺書上面寫著：請一定要遵守有關別墅的約定，那是找到幸福的咒語。她還在信封裡放了她經常戴著的項鍊當作遺物，那是一條小鳥形狀的古董項鍊。」

「啊！」菜穗子點了點頭說：「是核桃戴的那條項鍊，對吧？」

「沒錯。不愧是女生，對這方面都很注意。因為大男人很愛惜地拿著項鍊也不太適合，所以就送給了核桃。雖然那條項鍊有些俗氣，但我想核桃會戴著是因為她貼心吧。」

「找到幸福的咒語……那是什麼意思啊？」

聽到真琴的詢問，主廚無力地搖搖頭。

「雖然她是因為失去兒子的打擊太大才會自殺，但或許也是因為她的精神狀況不是很正常。老實說，鵝媽媽童謠也好，咒語也罷，我們在想這些應該都是她幻想下的產物。不過，因為我們答應過她，況且這還是她的遺言，所以我和老闆都不想忽視這些東西的存在。而且，那壁飾的感覺還不錯吧？總之就是這樣，壁飾才會一直被掛著。所以，就如老闆所說，要說這些沒什麼特別的涵義，確實也是如此。」

「原來有這麼一段過去啊……」菜穗子略垂著頭轉向真琴說：「這也難怪老闆不太想多說。」

「不只如此而已。」主廚把聲音壓得更低了。「老闆深愛著那個英國婦人呢！糟糕，這可是機密中的機密。」

主廚又再眨了一下眼睛，自然真實的笑容也重新浮現在他的臉上。

4

「八點左右，來到房間，寢室的房門鎖著。繞到窗戶邊，窗戶也鎖著。八點三十分，再次來到房間，外面的門也鎖著。九點，又再來到房間，外面的門鎖著。打開門鎖進房間，寢室的房門也鎖著。打開門鎖進房間，發現哥哥死了，窗戶的鎖也確實被鎖上……」

菜穗子手上拿著寫下高瀨所描述的內容的筆記，在房間裡四處走動。她試著重現發現哥哥當時的狀況。藉由重現當時的狀況，她想確認案發現場是否真的為密室。然而，無論反覆做了多少次確認，都沒辦法推翻密室的謎團。

「果然還是不行，怎麼想都覺得沒有人進得來。」

菜穗子把身子拋向哥哥死去的床上，真琴在另一張床上躺著，回到房間之後，她就一直這樣注視著天花板。
「所以我不是說過不行嗎？如果妳哥哥不是自殺，而是他殺的話，那麼，不先分析當時其他客人的所有行動，就不可能解開密室謎團。妳在這裡想東想西就能夠解開的話，案發當時警察早就解開了。」
「話是這樣說沒錯……」
然而，菜穗子如果沒採取些什麼行動，只會讓她坐立難安。這座度假山莊散發出來的莫名氛圍讓她變得焦躁，主廚說的事也讓人覺得有些不舒服。
「妳急也沒用啊，我們現在還在蒐集情報的階段。」
真琴像在做仰臥起坐似的坐起身子。
「不過，兩年前的意外倒是讓我覺得挺在意的，這件意外與妳哥哥死去的事件到底有沒有關聯……還有妳哥哥寫的明信片。」
「在這裡。」菜穗子從外套口袋裡取出公一寫的風景明信片。
「來到這裡後，我才覺得這上面意思不明的句子，和這座度假山莊的感覺似乎很搭調。」
「搭調是什麼意思？」
「也就是說，」真琴從菜穗子手中接過明信片，唸了出來。「瑪利亞何時回家呢？——在東京的時候，只覺得這樣的句子很奇怪。可是，把這句子拿來比照掛在每間房間的壁飾上的句子後，就會覺得好像都是一樣感覺的句子。」

「妳的意思是說這句『瑪利亞何時回家呢？』說不定是鵝媽媽童謠的一小段？」

「說不定而已。」

「如果真的是這樣的話，那就表示哥哥在研究鵝媽媽童謠，這表示……」

「單純一點思考的話……」

「咒語。」兩人異口同聲地說。

菜穗子用力點點頭說：「如果哥哥有聽到剛剛主廚說的事，他一定會很感興趣的。」

菜穗子說到一半時，出入口的房門傳來敲門聲。

菜穗子走出寢室回應：「哪位？」

她聽見「可以用餐了」的叫喚，那是高瀨的聲音。

「好的，馬上過……」

菜穗子沒能把話說完，她的聲音就被真琴從後方呼喊高瀨的聲音蓋了過去，真琴推開菜穗子打開門。

「請撥一點時間給我們，有事想請教你一下。」

真琴的氣勢使得高瀨的身子往後仰。「什麼事？」

「總之，先進來再說。」真琴邀高瀨進來後，粗魯地關上房門。

她把手上的明信片拿到高瀨面前說：「請看一下內容。」

高瀨驚訝得不停眨眼，問道：「這麼突然，到底是什麼事？」

他接過明信片，帶點咖啡色的眼珠隨著文字移動，沒過多久後，他看向菜穗子和真琴。

「這怎麼了嗎？」

「這是我哥哥寫的明信片。」菜穗子回答：「是哥哥死後才寄到的。」

「是這樣啊……」

即使是一年前的客人，應該還是會讓高瀨想起很多往事吧。他緊閉著雙唇，看了好幾次明信片上的文字。

「那妳們想問我什麼？」

「那上面寫的句子。」真琴以食指壓著高瀨拿在手上的明信片。「上面不是有寫到瑪利亞的句子嗎？這句話似乎沒辦法解釋。所以，我和菜穗子正在想，說不定這是鵝媽媽童謠的一小段。」

「原來如此。」高瀨再次把視線移向明信片。聽到鵝媽媽童謠，似乎引起了高瀨的興趣。

「這句子確實很像鵝媽媽童謠的感覺，可是我不知道耶，我再拐彎抹角地問老闆看看好了。」

「我哥哥當時有在調查些什麼事情嗎？」

菜穗子確定哥哥有在調查些什麼，所以才會拜託菜穗子幫忙。

「有沒有啊……」

高瀨似乎在記憶中尋找著，過了沒多久，他像是想起了什麼似的看向遠方。

「對了，公一先生曾經要我幫他畫圖。」

「什麼樣的圖？」

身為妹妹的菜穗子很清楚哥哥對圖畫一點興趣都沒有，如果硬要說他對圖畫感興趣，頂多就只有漫畫而已。

「這座度假山莊的圖，那時他說不管是平面圖還是立體圖都好，要我幫他畫圖。」

「畫度假山莊的圖……」

菜穗子只思考了短短兩、三秒鐘，她和真琴互看了一眼。結果先採取行動的果然還是真琴。真琴強拉了高瀨的手，要他坐在桌子旁邊的椅子上，然後在他的對面坐了下來。

「菜穗子，有紙和鉛筆嗎？要大張一點的紙。」

「我有信紙。」

菜穗子走進寢室，從行李袋取出信紙及鋼筆。那是右上角有啄木鳥圖案的信紙。

菜穗子把信紙及鋼筆放在桌上，真琴隨即撕下一張信紙放在高瀨面前，接著取下鋼筆筆套，把鋼筆放在信紙旁邊。

「到底是要幹什麼？難道要我簽什麼誓約書嗎？」

真琴並沒有捧場高瀨開的玩笑。「請畫一樣的圖，畫菜穗子的哥哥要你畫的圖。」

「妳說一樣的圖，那不過只是度假山莊的位置圖而已啊，能有什麼幫助？」

高瀨注視兩人好一會兒後，表情變得和緩，露出一副「原來是這麼回事啊」的樣子。

「妳們已經聽說那咒語的事了吧，情報來源是老闆還是主廚？」

真琴點了點頭說：「還有上條先生。」

高瀨噗的一聲噴出氣來。

「妳們和上條先生說過話了啊。原來如此。原來是受了他的影響啊。其實原本沒有人在意咒語的事，就是他炒熱這話題的。不過，我想妳們也聽了有關咒語的事，那根本沒什麼大不了的，只不過是上一個屋主幻想出來的事情罷了。」

「沒關係。」

真琴把信紙推向高瀨，「總之，請你畫圖，重要的是原公一先生對這咒語感興趣。」

雖然真琴的嘴角浮現笑容，但她的目光相當犀利。高瀨表情為難地看向菜穗子，然而，菜穗子認真的眼神也不輸給真琴。

「麻煩你。」菜穗子說。

雖然她自認壓抑了情感，但聲音卻像是擠出來的。

高瀨似乎也下了決心，雖然他口中說：「我認為這和妳哥哥的事件沒有關聯。」卻還是提筆畫起圖來。

——最初的第一步。

一邊注視著高瀨的手，菜穗子的腦海裡浮現了這句話。

第三章　有角的瑪利亞

1

晚餐後的交誼廳。

目前投宿在這裡的客人全都聚集在交誼廳，想必是回到房間也沒事可做，所以在這裡和熟悉的面孔敘舊似乎是大家最大的樂趣。菜穗子與真琴也找了位子坐下來。

目前玩著梭哈的成員包括有老闆、核桃、夫人、高瀨，加上晚餐時間菜穗子和真琴第一次見面，名為大木的男子共五人。大家似乎都很會玩梭哈，切牌的動作也都相當熟練，特別是老闆玩牌的手勢更是老練，他似乎累積了不少的籌碼。

大木發現菜穗子出現，輕輕揮了揮手，但菜穗子假裝沒看見。因為晚餐時，大木給她的第一印象實在太差了。

「我以前也是讀東京的大學耶。我和妳們的學長姊們也都感情很好呢。」

吃晚飯時，大木在菜穗子正對面一坐下，便放肆地以熟絡的口吻搭話。看似年近三十歲的男子是在這之後才道出姓名，他帶有點鬈度的頭髮隨興地梳向後方，高大的身材加上曬得黝黑的皮膚，算是運動健將的類型。他的臉孔俊俏，簡直可媲美明星。不過，他的缺點就是從第一印象就可以感覺得到他十分以外表自豪。雖然菜穗子如此想著，但他本人似乎完全沒有察覺到。

「我上大學的時候有打網球，現在偶爾也會打。如果是網球的話，我應該還可以做一些指導。妳有打網球吧？」

他的語氣彷彿在說他相信只要提到網球，年輕女孩就一定會跟著他走似的。或許一直以來，他也都以這樣的手段成功追到女孩。可是，菜穗子吸了一口氣，她心想：我可不願意被當成那麼低水準的女孩。她吸入空氣，吐出「我討厭打網球」的結論，雖然菜穗子的語氣嚴厲，但表情依舊保持有禮。大木露出一副從沒見過有女孩這麼笨的表情。

「討厭？沒那回事吧，會不會是妳對網球有成見？要先試試看才對，這時代不打網球，怎麼算是年輕人呢？」

這個男人還真是自信滿滿，對他人的喜好，有人會說「沒那回事」嗎？菜穗子的內心憤慨不已。這時候如果真琴在身邊的話，只要她狠狠瞪一眼就可以擊退對方，誰知道大木會趁著真琴離開座位時過來搭訕。

「大木先生也是每年都來這裡嗎？」菜穗子為了轉換話題如此詢問。

「是啊，這個時期到處都是人，再說，單獨旅行還是要選這種地方比較優雅。」

「那你應該知道幸福的咒語吧？」

菜穗子說出先前從主廚那裡聽來的話，大木一副出乎意料的表情反問：「咒語？」

「鵝媽媽童謠的……」

大木一聽，一副終於搞懂了的樣子點點頭，他那不自然的臉部動作讓菜穗子有些在意。

「妳是說那個幻想故事啊？什麼嘛！我還以為是什麼事……我對那種事情不感興趣。我在這裡偷偷跟妳說，我猜那是為了炒熱這座度假山莊的宣傳手段。如果當真的話，只會被取笑而已。」

「不過，那故事很真實呢。」

「愈完美的謊言聽起來，就愈真實。如果不願意美夢被破壞的話，那妳可以這樣想。也就是，幸福已經到了其他人的手中，咒語也已經失去效力。」

「到了其他人的手中？」

「只是那樣想而已。」

這時菜穗子看見真琴走回來，大木瞥了一眼真琴的方向，丟下一句「那等會見」，便匆匆離去。大木與真琴擦身而過時，他對著真琴露出彷彿受過訓練似的，與面對菜穗子時完全一樣的微笑。不能大意的傢伙──對於大木，菜穗子如此認定。

「對了，我今天看到很有趣的景象。」

大木單手拿著撲克牌說話，不知他提高音調說話是否是為了引起菜穗子的注意。

「你看到什麼呢？」醫生夫人回應他。

「傍晚的時候啊，我在後面的山谷散步，結果看到　隻烏鴉飛了過來，那烏鴉不停啄著泥土。不知道到底在幹什麼？」

「烏鴉啊？可能是在吃蚯蚓吧。這一類的事情可以問問江波先生啊。江波先生，你覺得呢？」

被夫人讚美為昆蟲及鳥類博士的江波坐在吧台椅子上，他正在和主廚聊天，一邊喝著百威啤酒。他時而拿幾顆花生往嘴裡放，聽主廚說笑也笑著捧場。剛才夫人似乎有邀請他一起玩梭哈，所以他好像也被算入了梭哈的成員。

江波聽到突然有人叫他，驚訝地回過頭，有些結巴地回答說：「我不是很清楚。」

吃晚飯時，因為江波的座位距離菜穗子很近，所以菜穗子也與他交談了幾句。江波習慣用低沉的聲音小聲說話，但似乎不是笨口拙舌的人。面對詢問時，他的回答相當準確，而且不拖泥帶水。雖然菜穗子詢問他的職業時，他只回答了在建築公司上班，不過，江波有提到他就快三十歲了，所以應該是企業裡的中堅分子吧。江波的身材瘦弱，皮膚算是白皙。他的輪廓配上相稱的雙眼皮，菜穗子猜想他曾經是個美少年。

江波回到度假山莊後，似乎馬上洗了澡，他全身散發出肥皂的味道。

「你今天白天是在做什麼呢？」

菜穗子指的是她們在度假山莊後方散步時看見江波的身影。

江波顯得有些吞吞吐吐。「沒什麼，我在看有沒有小鳥。」

後來他這麼回答。就只有在這個時候，他避開了菜穗子的視線。

坐在暖爐前方的頭等座位，瞪著西洋棋盤看的人是醫生。醫生的對手是上條。這兩人從太陽還高掛在天上時，就像現在這樣面對面而坐。菜穗子與真琴互相以眼神示意，做出只有彼此知道的暗號後，走近兩人身邊。

「我們可以在旁邊觀戰嗎？」

聽到菜穗子說的話，上條一副很感動的模樣，撐大鼻孔說：「歡迎、歡迎，如果有美女在旁邊加油，腦筋轉動的速度也會不一樣，要不要喝點什麼？」

「不用。」真琴用不帶感情的聲音回答。

上條似乎一點也不在意，他看著真琴的臉說：「妳懂西洋棋嗎？」

「一點點。」

「那太好了。」

上條沒再繼續說話的原因是醫生移動了棋子，上條瞥了一眼棋盤，不到一、兩秒鐘的時間，他就移動了棋子。接著他又再看向真琴說：「下次請務必和我一起下棋。」

「再說吧。」真琴給了個不感興趣的回答。

在這之後，菜穗子和真琴以及下棋的兩人幾乎都沒有出聲，遊戲安靜地進行著。不過，與其說遊戲在進行，其實大部分的時間都是醫生一個人表情嚴肅地在煩惱，上條趁著抽菸的空檔，稍微移動了棋子。光是這個動作就讓醫生皺起了眉頭。

「你下西洋棋的方式真的很特別。」醫生雙手交叉在胸前這麼說。

遊戲進行中，大部分都是醫生在說話，醫生從剛剛就一直說著同樣的話。在菜穗子的耳中聽來，醫生說的話不像在誇獎，反而比較像在揶揄上條。

「會嗎？」上條悠哉地回答。

比起自己的棋局，他似乎更在意一旁玩梭哈的戰況，趁著醫生陷入思考的時間，頻頻朝旁邊的方向望去。

「你好像都無視於基本走法。」

「不會啊。」

「可是，正常人不會把雙馬移到這個位置吧。」

「是嗎？可是，我覺得這招不錯呢。」

「會嗎？」醫生喃喃道，又再度陷入了思考。

上條閒著沒事做，於是看向菜穗子咧嘴一笑。露出來的牙齒整齊得讓人感到不舒服，甚至有種他的牙齒數量多過常人的錯覺。看著上條的嘴邊，菜穗子聯想到了鋼琴的鍵盤。

「我們聽說房間是怎麼命名的了。」趁著棋盤上的動作停止，真琴如此切入話題。

菜穗子和真琴會坐在這裡的原因，正是為了如此與上條答腔。

上條做出「喔？」的唇形，然後說：「聽老闆說的嗎？」

「不是，」真琴回答：「是主廚告訴我們的。」

上條聽了，一邊望著玩梭哈的桌子，一邊呵呵笑著。

「這樣聽來，老闆是心情不好囉？一提到那個話題，老闆的情緒就會變得很不穩定。」

「什麼話題？」醫生手上拿著主教棋子這麼問。

自己正在苦思下一步棋該怎麼走，卻聽到上條在旁邊閒聊，可能讓醫生覺得很不甘寂寞。

「就那個咒語的事啊，我也跟這兩位小姐說了。」

醫生露出厭煩的表情。

「什麼嘛，又是這件事啊。這話題都快發霉了，到現在還感興趣的就只剩下你而已。」

「我是到現在仍保有抱持疑問的純真之心……那麼，您手上的主教打算擺在哪兒呢？喔，那裡啊。這樣的話……我就走這裡。」

上條立即移動了棋子。

「主廚也說過咒語並沒有什麼特別的涵義，既然這樣，為什麼上條先生會這麼在意呢？」

菜穗子詢問，這是她與真琴現在最想知道的事。

上條難得露出認真的表情說：「因為我認為咒語不可能沒有涵義。特別是對英國人來說，鵝媽媽童謠就像是他們生活中的一部分。我認為那是想要傳達些什麼，可惜其他人都不太感興趣。冷漠，我想這也是現代人的通病吧。」

「去年死亡的那位先生呢？」菜穗子問道。

雖然菜穗子刻意表現得若無其事，但她知道自己的耳朵有些發熱。

「上條先生不是說過那時經常和那位先生談論這個話題嗎？」

對於菜穗子的問題，醫生比上條更早做出反應。

「我想起來了，那位年輕人好像很在意咒語的事，他也是受到你的影響吧？」

「他雖然有受到我的影響，不過他發現壁飾上的童謠藏著比咒語還要深奧的東西。」

「比咒語還要深奧的東西？」真琴反問。

「是的，那時他似乎認為咒語指的是暗號，而鵝媽媽童謠其實是暗示某個場所的暗號，他猜測那個場所藏有寶藏，所以才會說是找到幸福的咒語。」

果然沒錯！因為與真琴的猜測正確，讓菜穗子內心感受到小小的感動。公一在調查咒語的事——這是剛剛她與真琴兩人想出來的結論。這個結論的根據就是公一要高瀨畫出度假山莊的詳細位置圖，以及意思不明的明信片。還有如上條所說，專攻英美文學的公一聽到鵝媽媽童謠，不可能會不感興趣。

——而且，上條他說了「暗號」。

菜穗子心想就算與鵝媽媽童謠無關，公一聽到暗號兩個字，或許也會產生很大的興趣。因為公一是對推理小說要求很嚴格的人。

「這樣啊……那個人後來有理解咒語的涵義嗎？」

聽到真琴這麼問，兩人都搖了搖頭。兩人會搖頭似乎不是指公一沒能理解，而是他們不知道的意思。

「我想起來了，他也來過我們房間好幾次，曾經瞪著壁飾看了好久。我記得那時他說了很奇怪的話。」

醫生豎起食指，嘴巴不停蠕動著，這似乎是他試著回憶時的習慣動作。

「想起來了！他說黑色種子什麼的，還是黑色蟲子啊……不對，是黑色種子沒錯。」

「黑色種子？還有說些什麼嗎？」

菜穗子很努力地讓自己表現得若無其事，但還是控制不了聲音上揚。

「這……畢竟是一年前的事……」

「請您至少記住一年前的事啊——將軍！」

因為上條叫了將，所以醫生的話到這裡就結束了，不過，菜穗子覺得收穫不少，至少她們確認了自己猜測的方向是正確的。

「要走了嗎？」

聽到真琴催促的聲音，菜穗子也跟著站起身子。

2

兩張床並排著，菜穗子與真琴在十一點多分別鑽進各自的被窩。熄燈沒多久後，便傳來真琴的呼嚕聲，菜穗子卻是在棉被裡不停翻轉身子好長一段時間。

不可能不感到疲累。今天早上從東京出發後，菜穗子和真琴做了很多事。但不知怎地，菜穗子的腦袋像是咬了一口薄荷葉似的清醒。各種想法缺乏秩序地在她的腦海裡浮現又消失。蛋頭先生、兩年前的意外、石橋、倫敦鐵橋……

——石橋？倫敦鐵橋？

這樣的聯想瞬間吸引了菜穗子，夫人好像有說了些什麼。倫敦橋每被建造好就立刻斷掉，所以最後用石頭建造……沒錯，夫人是這麼說的。是偶然嗎？應該是偶然吧。再說，就算不是偶然那又怎樣呢？

菜穗子的腦海裡浮現瑪莉有隻小綿羊的童謠。

這裡都是一些奇怪的客人。上條、大木、江波、醫生、高瀨……不對，他應該不是客人。還有梭哈、西洋棋……

薄荷葉的效用總算是慢慢退去了……

醒過來時，天還未亮，與入睡前一樣，黑暗中傳來真琴有規律的呼吸聲。熱氣從菜穗子口中呼出，舌頭彷彿會吸水的海綿，讓她感到口渴不已。因為口渴才醒過來的吧，這樣的夜晚會讓人感到口渴嗎？在這個睡在一年前哥哥死去的床上的第一個夜晚。

菜穗子輕輕走下床，赤腳穿上運動鞋，很辛苦地走到門邊。四周一片黑暗。菜穗子走出寢室，點亮客廳的電燈，看了一眼桌上型時鐘，外型像老式擴音機般的時鐘正好指向兩點鐘。

菜穗子在睡衣外面套上滑雪衣，安靜地走出房間。雖然夜燈四處點著，走廊卻仍顯得昏暗。菜穗子一邊害怕地想像著身後會不會有隻手往她的肩上搭，一邊快步走向交誼廳。

交誼廳的空氣是靜止的，那邊有西洋棋的味道，那裡有梭哈的味道，這裡有西洋雙陸棋的味道，這些味道各自停留在空氣中。菜穗子穿過有西洋雙陸棋味道的空氣，走近吧台。

菜穗子讓杯子裝滿水，關上水龍頭時，她聽到不知某處的門被打開的聲音。聲音是從廚房傳來。菜穗子知道廚房有後門。這個時間會有誰呢？菜穗子一邊這麼想，一邊躲在吧台裡。為何會做出這樣的舉動，就連她自己也無法解釋。

廚房有兩個出入口，一個在吧台旁邊，一個通往走廊。菜穗子斷斷續續感覺到有人為了不發出聲音，小心翼翼地走著。她想著萬一那個人出現在吧台旁邊該怎麼辦。被發現時該說什麼敷衍對方呢？然而，菜穗子多慮了，從後門進來的人從通往走廊的出入口走了出來。那個人往走廊方向走去。菜穗子會這樣認為並非她清楚聽見腳步聲，而是憑著感覺。菜穗子感覺到那個人已走遠，過了一會兒後，她站起身子。

四周的狀況與菜穗子剛剛來的時候一樣，沒有任何變化，頂多只覺得空氣被攪亂了。梭哈、西洋棋以及西洋雙陸棋的空氣混在一起了。菜穗子喝光杯子裡的水，快步走回房間。杯子裡的水因為她的手掌加溫，感覺像是喝下了溫水。

菜穗子回到房間後，立刻鑽進被窩裡。她莫名地感到心驚肉跳，因為不知道自己為何會心驚肉跳，這更加重了她的不安情緒。
這時，有聲音從隔壁傳來。
是隔壁房間！那是關上房門及走動的聲音。菜穗子不由得憋住了氣。
「應該是聖保羅的房間。」
菜穗子不禁「哇」的一聲叫了出來。因為一片黑暗中，真琴突然開口說話。
「左邊應該是聖保羅的房間，沒錯吧？」
菜穗子一邊在腦海裡浮現位置圖，一邊點頭。不過，真琴當然不可能看得見她在點頭。
「是誰住在聖保羅呢？」
菜穗子這麼發問後，真琴像是在說老早就調查清楚了似的打了個大哈欠說：
「是大木，大半夜裡的，不知道他和誰約會。」

隔天早上，菜穗子從惡夢中醒來。那惡夢恐怖得令她全身冒出冷汗，但坐起身子後，卻完全不記得作了什麼樣的噩夢。這讓菜穗子覺得不甘心，她坐在床上試圖找回記憶找了好一會兒，然而惡夢的記憶就彷彿被風吹過似的不見蹤跡。
真琴並不在床上，她的行李袋打開著，塑膠製的藍色化妝包露了出來。菜穗子看過那個化妝包，那是真琴用來放盥洗用品的化妝包。那個化妝包在大學的福利社裡一個賣三百五十圓。菜穗子看見化妝包，急忙跳下床。

菜穗子到浴室時，真琴正好盥洗完，正用白色毛巾擦著臉，她看見菜穗子後，輕輕舉高了右手，沾在她劉海上的水珠在陽光的照射下發著光。

「早。」

聽到菜穗子這麼打招呼，真琴輕輕點了點頭，然後用下巴指向裡頭。菜穗子看見大木站在裡頭。

大木打開水龍頭一邊讓熱水流進臉盆，一邊發呆地看著窗外。或許是在思考些什麼，他似乎沒發現臉盆裡的熱水已經滿了出來。

菜穗子慢慢走近大木，對著他的側臉說：「早安。」

大木的身體像是打嗝似的痙攣，然後慌張地關上水龍頭。

「啊……早。」

「你怎麼了嗎？」菜穗子探頭看著大木的臉問道。

他露出笑容搖搖頭說：「沒事，我只是不小心站著作夢而已。」

「你昨晚很晚才睡嗎？」

「是啊。」

「你好像有外出吧？」

菜穗子自覺表現得若無其事，但大木聽了，立刻驚訝地瞪大眼睛。

「咦？」他的黑色瞳孔不停在移動，更凸顯他的狼狽。

「妳看到了啊？」

「沒有，那個……」

這回換菜穗子慌張了起來，雖然她知道自己沒必要驚慌，但看著大木認真的臉，昨晚那種莫名的心驚肉跳感又再度湧上來。

「因為我聽到你半夜回來的聲音。」菜穗子好不容易擠出這麼一句話。

大木回答說：「這樣啊……」但他那驚駭的表情並沒有改變。

菜穗子被他的氣勢壓倒，不禁低下頭。

「因為睡不著，」沒多久後，大木用有些生硬的口吻解釋：「所以半夜出去散了一下步。」

「原來如此。」菜穗子說。

尷尬的氣氛擴散開來。

大木拿起他的洗臉用具說了句「那我先走了」，逕自往走廊走去，腳步之快，彷彿是想趕快逃跑。

等到看不見大木的身影後，真琴走到菜穗子身邊說：「很奇怪。」

「是啊。」

「是不是有什麼事啊？」

「嗯……」

菜穗子點點頭，注視著大木留下的臉盆裡滿滿的熱水。

炒蛋、培根、蔬菜沙拉、南瓜湯、牛角麵包、柳橙汁和咖啡——這些是今天早上的早餐菜單。與菜穗子和真琴一起用餐的人是醫生夫婦與上條。江波和大木似乎已用完早餐並且外出了。高瀨為了補上牛角麵包及咖啡，不時會出現。

「昨晚睡得好嗎？」坐在隔壁桌的夫人答腔。

夫人素顏的臉龐看起來就跟老街居民自治會的太太們沒兩樣。

「是的。」真琴回答。

菜穗子保持著沉默。

「真是了不起，能夠在那間房間睡覺，果然年輕就是不一樣。」

醫生一邊把撕下的牛角麵包往嘴裡送，一邊發表著他奇妙的佩服感言。

這樣就可以很順利切入主題。菜穗子如此想著。因為她雖然很想詢問熟客們有關哥哥的事，但如果問得太唐突可能會讓人起疑。

「去年發生自殺事件時，醫生，您在做些什麼呢？」

菜穗子刻意用有些閒話家常的口吻詢問，但聲音卻有些上揚。不過，醫生似乎沒有察覺她的不自然。醫生嘴巴不停蠕動著並點點頭，接著他用纖細的喉嚨吞下牛角麵包。

「哪能做些什麼啊，頂多就是會同調查而已，畢竟這地方這麼偏僻，那些警察看到客人裡面剛好有醫生在，一副獲救的表情。」

「醫生那時很帥呢。」上條在一旁揶揄道：「就像刑警連續劇裡的情節一樣。」

「對啊，還命令刑警呢。」夫人說。

「我才沒有命令他們呢，只是說出診斷結果而已。」

「是您判斷為自殺的嗎？」

菜穗子看著真琴的側臉，心想：真是好問題。醫生露出彷彿喝了苦水似的表情搖了兩、三次頭。

「老實說，客觀的想法是不知道，屍體旁邊放有毒藥，而且很明顯是吃毒藥身亡。可是，就只知道這些而已。死者是依自己的意願服毒、被迫，還是不小心吃下的，現場並沒有留下能夠判斷的蛛絲馬跡，只留下不會動、也不會說話的屍體。」

「真是詩意。」上條舉高咖啡杯說。

菜穗子瞥了一眼上條，隨即把視線拉回醫生身上，不理會上條。

「那就是警察判斷為自殺的囉？」

「當然是啊。不過，我有表示了意外或他殺的可能性很低的個人意見。死者不太可能把毒藥當成藥物吃下，而且，我不認為我們幾個人當中，會有剛認識對方就能殺死對方的瘋子。」

「與其說意見，這話聽起來比較像是期望呢。」

可能是已經習慣上條這樣的應對方式，醫生沒有露出不悅的表情。

他對上條說：「是期望啊，也可以說是信任。而且，就如你所說，警察沒有笨到會把我們的期望寫在調查紀錄上。判斷為自殺的關鍵是現場的狀況，以及有關死者的多項情報。狀況指的是房間的鎖……」

「房間是從裡面上鎖的。」

可能因為都是丈夫在說話，讓夫人覺得不是滋味，她亟欲表現地從旁插嘴。

「而且，備份鑰匙是沒辦法隨隨便便拿出來的。如果是他殺的話，那就是密室殺人了。」夫人得意地說，眼神閃爍著光芒。

醫生抓準夫人閉上嘴巴的那一刻趕緊開口：「雖然警察有詢問過相關者很多事情，但最後似乎只能判斷是死者自己從房間裡面上鎖。再來就是有關死者的情報，聽說他的精神狀態很接近精神衰弱者，所以死者有自殺動機，對警察來說，這也是讓他們做出自殺判斷的原因吧。」

「在醫生您的眼中是怎麼看的呢？」

菜穗子終於忍不住地加大音量說話，她察覺自己的聲音變大，於是有意地壓抑音量繼續說：「也就是那個人看起來像精神衰弱嗎？」

或許是覺得菜穗子的說法有趣，醫生總算恢復他平時沉穩的表情說：「就是在我這個醫師眼中看來，他也像個正常人。警察告訴我這件事時，我還覺得很意外，至少我看到的他並不像是個精神衰弱者。」

「我也這麼認為。」夫人說：「他是個好青年，還和我玩了撲克牌呢！不過，玩得沒有很好就是了。」

「我記得贊同精神衰弱說法的，好像只有大木一個人，我也贊同夫人說他是個好青年。」上條一副沒什麼大不了的表情從旁插嘴說，他的話牽動了菜穗子的心。

「大木先生主張說那個人是精神衰弱者嗎？」

「是沒有到主張那麼嚴重啦，那個人是個相當聰明的人，他的博學多聞讓大家都很佩服，想必這對蠻力派的大木來說，一定很不是滋味吧。因為大木是個自我表現慾很強的人。所以他才會贊同精神衰弱的說法，他應該是想要破壞那個人的好形象吧。」

真的是這樣嗎？菜穗子如此思考著。大木會那樣說是不是有其他企圖呢？

因為菜穗子陷入沉默，為了掩飾她的不尋常，於是真琴開口：「不過，旅行時總會發生很多事，如果都是開心的事就好了。」

「就是啊。」夫人說罷，開始喝起剩下的湯。

菜穗子擔心地想著夫人的湯可能冷掉了，不過夫人還是津津有味地把湯喝完，開口問道：「對了，妳們今天打算去哪兒呢？想要滑雪的話，不用跑太遠也有滑雪場喔。」

真琴告訴夫人還沒決定去哪兒後，原本安靜喝著咖啡的上條一副現在才想起來似的表情說：「說到這個，我想到大木昨天很興奮地說他打算帶兩位去走走呢，他就是這麼積極的人。」

真琴在菜穗子身邊聳聳肩說：「的確很積極。」

「大家今天打算做什麼呢？」

菜穗子是想要詢問醫生夫婦倆，沒想到上條卻率先回答：「得先分出西洋棋的勝負。」

「西洋棋？」

「和醫生的棋賽啊！還沒分出勝負呢。」

菜穗子驚訝地看向醫生。

醫生眨了一下他眼角下垂的眼睛說：「那只是一局而已。」

「只贏一局就是沒辦法讓醫生死心。」

上條一副很厭煩的模樣。「還得贏十九局才行。」

用完早餐後，兩人在度假山莊四周散步。山莊前面有一條蜿蜒扭曲的散步道，一路延伸到森林裡。可能是昨晚又下了雪，散步道上積上十公分左右的新雪。穿著防滑鞋踏在雪地上，傳來噼啪噼啪的清脆聲響。兩人前方的路面沒有腳印留下，看來應該不會碰上江波或大木。

「妳怎麼想？」真琴一邊用腳尖踢雪，一邊詢問。

「什麼怎麼想？」菜穗子反問。

真琴摸著頭，看起來欲言又止地說：「妳哥哥的事啊，醫生他們說看不出來有精神衰弱的樣子。」

「是啊。」

菜穗子雙手插入外套的口袋中，安靜地走了好一會兒。腳底時而傳來踩碎雪塊的感覺，阻斷菜穗子的思緒。
「我願意相信他們對哥哥的印象，因為這能夠證明我的想法，也就是哥哥不是自殺的想法是對的。而且，到死之前還被說是精神衰弱，那太可憐了。」
真琴沒有說話。過了好一會兒後，真琴像是在自言自語似的輕聲說了句「了解」。
「不過，大木讓人覺得有些在意。就只有他說哥哥是精神衰弱，這很奇怪。有沒有可能是他故意這樣說，好讓自殺的說法更有說服力呢？」
「妳是想說他殺了公一嗎？」
「我是不敢這麼斷言……可是那個人有些地方怪怪的。昨晚的事情也是啊。在大半夜裡散步，妳不覺得很奇怪嗎？還有我剛剛就一直在想，大木是在我上床之後才回到房間，對吧？這就表示我躲在吧台裡的時候，從後門進來的人不是大木。也就是說……」
「也就是說，大木不是自己一個人。」
「妳不要這麼輕鬆就說出來嘛。」菜穗子稍稍鼓起臉說。
散步道與山莊前面的車道平行延伸，只要走上兩百公尺左右，就可以碰上主要道路。雖說是主要道路，但其實還是很小。往上走的話，道路會愈來愈窄，最後連接登山步道。往下走的話，也只能通往那間有如馬廄般的小車站。
兩人在快要碰上主要道路前折返。無論走得多遠，看見的景色都一樣，白雪、樺木，以及從樹木之間流瀉的晨光，還有像在吹著口哨似的小鳥啁啾聲總在不近也不遠的地方響著。

兩人往回走到一半時，遇上高瀨駕駛的廂型車。高瀨謹慎地停下車子後，搖下車窗。

「我正要去接客人。」高瀨說：「有四位客人要來，這樣所有房間就都客滿了。」

「是什麼樣的客人要來呢？」真琴詢問。

「有對夫妻會來，他們會住『鵝與長腿爺爺』的房間。另外兩位是男性，是來滑雪的。」

「房間呢？」

「是『啟程』。」高瀨說完，便再次踩了油門。廂型車雖然顯得笨重，但仍然著實地壓過路面向前駛去。

菜穗子與真琴離開散步道後，和昨天一樣，兩人繞到山莊後方。這裡的地面留有若干人的腳印。不過，兩人對於這件事都沒有表示些什麼。

石橋依舊在原處不動，也依舊是斷裂的。在菜穗子的眼裡，中間斷了一大截的石橋看起來像是一對龍的父子在相望。相望著的龍父子正在說悄悄話——看起來就像這樣的感覺。

「我都沒發現。」真琴看向東邊說。

菜穗子也跟著看向東邊。「那邊的山竟然靠得這麼近。」

「真的耶。」

在東邊的山並不算高，有兩座長得差不多一樣的山並排著，太陽正好浮在兩座山之間。

「很像駱駝背。」真琴說出她的感想。菜穗子也表示贊同。

菜穗子戰戰兢兢地走近崖邊，往山谷底下看去。在晨光的照射下，石橋的影子落在谷底，影子這邊的龍父子距離彼此更近了。

如果再往前走一步，恐怕會嚇得全身發抖吧。還是往回走好了，高的地方很恐怖，又高又冷的地方更恐怖。

真琴蹲在石橋連接崖邊的位置，探頭看向石橋下方。一看見菜穗子走近，她指向石橋的底面說：「不知道這是什麼。」

菜穗子在真琴身後探頭看過去，看見橋下藏著一塊寬木板。真琴一邊注意腳邊，一邊探出身子試著拉出木板。看見真琴用力的模樣，不難想像木板的重量頗重。

真琴拉出來的木板是方形木條，長度約兩公尺左右，雖說是方形木條，但其實厚度只有五公分左右，寬度也只有四十公分左右，說是木板也不為過。雖然菜穗子沒能分辨出木板的種類，但她也看得出來這是塊新的木板。

「不知道這是用來做什麼的。」

真琴用右拳頭輕輕敲了敲木板，傳來清脆的聲音。

「可能是用來做家具的材料吧，這裡不是有很多手工做成的家具嗎？」

聽到菜穗子說的話，真琴一邊傾頭，一邊喃喃說：「或許是吧。」然後把木板推回橋下的位置。

回到山莊後，在交誼廳果然看見上條陪著醫生在下西洋棋，不過沒看見夫人的身影。

在暖爐前看報紙的老闆對兩人說：「回來了啊。」

兩人經過冰冷的走廊往房間走去。

來到房門前時，真琴用嘴巴嘟向走廊的盡頭說：「我們還沒去過那裡，要不要過去看看？」

兩人只去過「倫敦鐵橋與年紀一大把的鵝媽媽」的房間，對於其他房間只是透過位置圖得知位置而已，所以，菜穗子也表示贊成。

進入走廊的第一間房間被命名為「啟程」，再往前走一點就是「聖保羅」的房間，大木就住在這裡，下一間是菜穗子和真琴的房間「蛋頭先生」，再下一間是「鵝與長腿爺爺」，房門上的牌子寫著：「Goosey and Old father Long Legs」。菜穗子和真琴知道這間房間與「倫敦鐵橋與年紀一大把的鵝媽媽」的房間一樣都是兩層樓。

「鵝與長腿爺爺」的房間隔壁是「風車」，上條就住在這間房間。

當風一吹，風車就轉動；
當風一停，風車就不動。

「上條是這麼說的。」菜穗子唸出浮現在腦海裡的句子，這首童謠確實很容易就記得住。

「沒想到童謠會用這麼理所當然的內容。」

「我想這一定也是鵝媽媽童謠的特徵。」

兩人經過「風車」的房間，再往前走的話，走廊會彎向左邊，不過在轉角的地方，也就是「風車」旁邊有一塊不到兩坪的正方形小客廳。那裡放著一張泛著黑光、似乎年代久遠的圓桌，牆上掛著一幅像是胡亂塗上水彩的抽象畫。

「菜穗子，妳看這個。」

真琴正看著牆邊的櫃子，菜穗子也走近櫃子，看到真琴手上拿著像是保齡球瓶的東西，仔細一看才發現，那是個大小正好如一公升可樂瓶的木頭雕像。

「這是瑪利亞。」

「咦？」對於突然聽到的字眼，菜穗子一時沒能反應過來。

瑪利亞……何時回家？……哥哥的明信片……

「借我看一下。」

菜穗子拿起木頭雕像，木頭雕像十分沉重，彷彿經歷過的歲月都在上面留下了重量。木頭雕刻成的雕像頭上套著頭巾，雙手抱著嬰兒。

「是瑪利亞沒錯。」

「妳哥哥的明信片上提到的瑪利亞，會不會就是這個瑪利亞？」

「這……」

菜穗子再次仔細地看了瑪利亞雕像，雕像的表情十分沉穩。如果這是業餘者的雕刻作品，那麼他的手藝真的很好。菜穗子如此想著。看著看著，菜穗子卻發現雕像有個部位很奇怪，這個部位絕對與世界上的任何一個瑪利亞雕像都不一樣。

於是菜穗子開口說：「這個瑪利亞……有角耶。」

「咦？怎麼可能。」

或許是瑪利亞與角的搭配太離奇，所以真琴沒有注意到。

菜穗子把雕像轉向真琴說：「妳看這額頭，是不是有個小小凸起的地方？這不是角嗎？」

「這怎麼可能……根本沒聽過瑪利亞有角……」

儘管真琴口中這麼說，她的話卻說到一半就停住了，這應該是因為她也找不到合理的解釋，來說明凸起物吧。真琴一邊用指尖摸著凸起的部位，一邊傾頭說：「雖然我不是很確定，不過這應該是什麼裝飾的東西吧。不管怎麼說，瑪利亞有角都太奇怪了。」

「話是這麼說沒錯，可是……」

菜穗子再次把雕像轉向自己，額頭上的凸起物大概有米粒那麼大。這有可能是裝飾嗎？可是，就算再討論下去，也不可能得到可接受的答案。

「好奇怪喔。」菜穗子輕聲說著，一面把雕像放回櫃子上。

在走廊的轉角左轉後，便會看見最後一間房間。暗咖啡色的木製房門上掛著寫有「傑克與吉兒（Jack and Jill）」的牌子。

「這裡是『傑克與吉兒』啊。」

「這是江波的房間。」

這些事情原來真琴早已經調查清楚了。

當菜穗子與真琴回到房間，盯著位置圖看時，高瀨帶了客人回來。菜穗子和真琴確認高瀨畫的圖相當正確，正在誇獎他，交誼廳便傳來熱鬧的說話聲。

「不好意思。」大約過了十分鐘後，高瀨的聲音隨著敲門聲響起，真琴起身前去開門。

「今天晚上要辦個小型派對，不知道妳們願不願意參加？」高瀨看著兩人這麼說，他的眼神帶著些許光芒。

「因為每年都會聚在這裡的人都到齊了，派對是每年例行的活動。而且，大木先生明天一大早就要離開這裡了，今天晚上不辦的話，就沒時間了。」

「大木先生要離開？」菜穗子提出質疑：「之前好像沒聽他說過要離開耶。」

「他是有說過會再多待上幾天，所以我也覺得很突然。」

大木臨時改變行程似乎也讓高瀨感到疑惑。

兩人答應會參加派對後，便要求高瀨送她們去附近的滑雪場。兩人決定至少要拍一張站在滑雪道上的照片，好向東京的父母親交代。

前往滑雪場的途中，他們在廂型車裡聊了起來。

「有什麼收穫嗎？」高瀨手抓方向盤，視線朝向前方這麼詢問。

他說話的樣子看起來有點提心吊膽的。菜穗子疑惑地想著，只是她坐在後座，沒能確認高瀨的表情。

「有沒有呢……」真琴思考了一下，然後回答：「我們問了很多事情，只是不知道哪些算是收穫，哪些不算是收穫。說不定我們做的淨是一些沒意義的事。」

「關於鵝媽媽童謠的咒語，有查到什麼嗎？」

因為昨晚突然被要求畫出位置圖，高瀨似乎也很在意這件事。

「還沒有查到。」

「這樣啊。」高瀨的話中帶有「我想也是吧」的意思。

對於到現在還不肯放棄地調查著早已成過去的自殺事件、自以為是偵探的女大學生，這名淳樸的青年會怎麼想呢？——雖然好奇，但是菜穗子決定不去思考這個問題。

「高瀨先生在『鵝媽媽』工作幾年了呢？」菜穗子忽然想到，於是開口問道。

隔了一會兒後，高瀨才回答說：「兩年了。」

他應該是在計算年數吧。菜穗子為高瀨的遲疑找了理由。

「你一直都住在山莊嗎？」

「嗯，大部分的時間都是。」

「那其他時間呢？」

「我偶爾會去靜岡，我老媽在大學宿舍裡負責煮飯，不過很少回去就是了。」

「你的老家在哪裡呢？」

「以前是在東京。可是，除了我老媽之外，我沒有其他親人，所以根本也沒有什麼老家。」

依高瀨的年齡看來，他應該是在高中畢業後，過了兩年左右才來到「鵝媽媽」工作吧。想必在來到「鵝媽媽」之前的兩年時間，他一定也沒停止工作過。雖然如此，高瀨卻能夠不介意地說出他的經歷，不會感到難為情，菜穗子覺得自己看見了高瀨的另外一面。

「兩年前就是發生墜谷意外那一年囉？」真琴說。

高瀨同樣又沉默了一會兒，才小聲回答：「是啊。」

「發生意外的時候，你已經在『鵝媽媽』工作了嗎？」

「還沒……」

車身往左邊轉了一個大彎，菜穗子的身體倒向右邊的車門。真琴的身體從左邊貼近她。

「不好意思。」高瀨向兩人道歉。

「發生意外後一陣子，我才來到『鵝媽媽』的，大約是兩個月之後……」

「這樣啊……」

菜穗子瞄了瞄真琴的側臉，她咬著下嘴唇，這是她思考時會有的習慣動作。

廂型車來到了在平緩斜坡爬升的吊車起點處附近，道路左邊有吊車搭乘處，大約有十幾名滑雪客在排隊。右邊是停車場，那空間看來應該可以容納幾十輛汽車。

「那我五點左右會來這裡接兩位。」高瀨說罷，便把車子掉頭駛去。

真琴目送著四角形車子離去，一副欲言又止的模樣。然而，就算菜穗子問她怎麼了，她也只回答說：「沒事。」

兩人在附近的商店租好滑雪道具，便坐上吊車往滑雪道頂端爬。因為有父母親在的關係，所以菜穗子只好扛著自己的滑雪道具出門。但是在出發前，她把滑雪道具寄放在真琴的公寓，因為她不想讓行李變得太重。

菜穗子從吊車上看著身穿色彩繽紛滑雪衣的人影，彷彿彈珠滾落似的散開來。雖然菜穗子是在上了大學後才開始滑雪，不過她一下子就愛上了滑雪，每年總是會去五、六次滑雪場。要是平常的話，她一定是抱著興奮不已的心情眺望著這樣的景象。

兩人用菜穗子帶來的口袋型相機互相拍了三張滑雪時的模樣，在主滑雪道下的木屋前，請一名看似學生的男子拍下兩人的合照。那名男子在還相機給菜穗子時，一副很想搭訕的樣子，可是他看了真琴一眼，最後什麼話也沒說。或許他是無法判斷真琴是男是女，不確定真琴是不是菜穗子的戀人。畢竟真琴戴著太陽眼鏡，而且因為體格的關係，身上還穿著男用滑雪衣。

兩人在木屋裡的咖啡廳喝了啤酒，吃了點簡單的餐點，消磨了一個多小時，滑了兩小時左右的雪，再去另一家咖啡廳喝咖啡。最後又滑了兩小時左右的雪，正好到了約定的時間。

「滑雪滑得盡興嗎？」兩人坐進車子時，高瀨問。

「還好。」真琴回答。

這段對話無論是發問的人，還是回答的人，都不帶有任何感情。

3

派對在六點左右開始，採用立食的方式，每張桌子都擺上了主廚自豪的料理，椅子也被移到牆邊。先以香檳乾杯後，葡萄酒也一瓶接一瓶地打開。

菜穗子和真琴是在這時第一次與今天抵達的芝浦夫婦見面。丈夫芝浦時雄年約三十五歲，是個說話謙遜、脾氣看起來很溫馴的男人，掛在鼻梁上的眼鏡配上他的圓臉，顯得有點小。妻子佐紀子則是個長臉美女，但是相當沉默寡言。她一直都躲在時雄背後，不肯主動加入對話。不過，她的臉上始終掛著笑容，所以不會給人沉悶的印象。從與夫妻倆的對話中，菜穗子得知兩人結婚五年了。

芝浦說他從事眼鏡的批發工作，好像是把工廠製造好的眼鏡拿去零售店賣。

他還瞇起眼鏡底下的小眼睛說：「這工作的利潤很微薄的。」

今天抵達的客人除了芝浦夫婦之外，還有兩名年輕上班族，他們裝出一副若無其事的樣子靠近菜穗子，但其實菜穗子早就從視線的角落看見兩人從剛才就一直等著菜穗子落單。

「妳從東京來的嗎？」

說出如此沒創意的搭訕語的是四角臉的男子，而在一旁用著鑑定物品般的眼神盯著菜穗子的男子，則有一張細長臉，他的眼睛小、眉毛細，嘴唇也很薄。這兩人都不是菜穗子喜歡的類型。

菜穗子冷淡地回了話，兩人便爭相介紹起自己。如果菜穗子沒記錯的話，四角臉的男子應該叫中村，而細長臉的男子叫古川。

兩人看起來像是進公司只有兩、三年左右，表現一點也不像已出社會的人。即便如此，他們還是拚命在菜穗子面前提及公司的話題，像是要強調自己是個能夠獨當一面的男人似的。因為兩人說的話實在太無趣，所以菜穗子不記得他們在什麼樣的公司、做什麼樣的工作。

「我從學生時代就開始滑雪了。」總算換了個話題的人是古川。「我每年來這裡的目的就是為了追求天然的斜坡，而不是人工滑雪道，現今的滑雪道根本就像在延續新宿的娛樂罷了。」

搞什麼嘛！換話題還不是為了自誇。菜穗子還是個高中生時，就領悟到這種類型的男人沒一個好東西。為人師表卻對學生伸出魔掌，甚至還讓學生懷孕的老師，就是這種類型的男人……那個老師後來不知道怎樣了。

「中村先生、古川先生，你們倆都別妄想了。」從剛才就一直忙著端料理的核桃總算忙完了，她脫去圍裙加入大家。「因為她已經有男朋友了。」

「咦？那個人不是女的嗎？」

中村噘著嘴看向真琴，從中村說到「女的嗎」的語氣中，菜穗子看透這個男人也沒有什麼深度，那語調像是瞧不起女性似的。

「重點是有沒有魅力。」

核桃說罷，搭著菜穗子的肩膀帶著她往吧台走去。中村他們在後面不知道會露出什麼樣的表情？光是想像他們的表情就覺得好玩。

核桃在菜穗子耳邊輕聲說：「那兩個人妳要小心一點喔！」她跳上椅子，一邊幫菜穗子的威士忌加水稀釋，一邊笑著說：「他們也約我約了好幾次呢。」

「核桃沒有男朋友嗎？」

核桃聳聳肩，開玩笑地說：「如果有像真琴那樣的人就好了。不過，最好是男生。」

菜穗子笑了。

看見菜穗子與核桃坐在吧台的座位上，這回換大木走了過來。

「年輕人就是愛死纏爛打的，看了就討厭。」大木的話大概是在指中村和古川。雖然他嘴裡這麼說，卻一副理所當然的模樣在菜穗子身邊坐了下來。

「我明天早上就得離開，雖然很高興能認識妳，可是要工作也沒辦法。這就是上班族的悲哀。」

「路上請小心。」

核桃舉高威士忌的玻璃杯，大木隔著菜穗子的臉向核桃說了聲「謝謝」。

菜穗子內心感到焦急不已。大木是日前看來最有嫌疑的男人。如果就這麼讓他離開，就失去大老遠跑來這裡的意義了。可是，又沒有理由留住他，目前也沒有什麼妙計可以斷定他是不是兇手。

看見菜穗子陷入思考，不知道大木是會錯了什麼意，他在菜穗子耳邊輕聲說：「晚點可不可以告訴我妳的電話號碼？我們在東京見面吧。」

菜穗子把頭轉向大木，要是平常的話，菜穗子絕對不會予以理睬。可是，為了不斷了與大木的聯繫，她只能點頭答應。

大木一臉滿足地稍稍揚起嘴角。

「那麼，我自個兒來去散散步，清醒一下好了。」

大木走下椅子，用著略顯不穩的步伐走向出入口。

核桃在旁邊輕聲說：「那傢伙也得小心。」

到了九點多，派對變成了遊戲大賽。醫生與上條還是一樣下著不知道第幾回合的西洋棋，夫人與核桃下著西洋雙陸棋。還有玩梭哈的成員包括了主廚、老闆、芝浦夫婦、高瀨，以及難得參加的江波。

菜穗子一邊陪著真琴喝啤酒，一邊觀看西洋雙陸棋的戰況，中村與古川說要準備明天的行李，早早就回房間去了。

「將軍。」上條彷彿在清喉嚨似的輕鬆宣告。

坐在梭哈牌桌上的主廚強忍著笑意說：「真想聽醫生帥氣地叫一次將軍啊。」

醫生露出不悅的表情看向主廚。

「叫將不代表贏了，我是那種會把樂趣留在最後享受的人。」
「可是，如果不叫將的話，就不能將死❹啊！」
「所以我說叫將一次就夠了，我是在思考要在什麼時候叫將，你有那個閒時間管別人的輸贏嗎？我看你的籌碼好像從剛剛就不曾增加過。」
「我的籌碼雖然沒有增加，但也沒有減少，不過，醫生，您的棋子倒是少得可憐啊。」
「胡說什麼，我現在才開始要拿出實力呢。因為上條根本無視於基本走法，所以我才會有點猶疑不定，如果對手是像大木那樣正統走法的人，那就好辦多了。」
「他可是初學者呢。」
主廚說罷，丟出手上的撲克牌。
「我退出。」
下著西洋雙陸棋的夫人從剛剛就一直開心地聽著醫生和主廚的對話，夫人應該是認為這樣互相鬥嘴也是醫生來這裡的樂趣之一吧。菜穗子有趣地想著。
「說到大木先生，怎麼沒看到他人呢？他剛剛好像有出去，不知道回來了沒有？」
老闆手中拿著撲克牌，他停下動作，像是在詢問大家的意見似的轉動著頭。
「這麼一說，好像有點晚了。」高瀨擔心地看了布穀鳥鐘一眼。「他應該還沒回來才

❹Checkmate，西洋棋用語。被宣稱「將死」，棋局即告結束，而將對方「將死」的人，則為贏家。

對，因為我從剛剛就沒離開過這個座位。」

高瀨的座位是在距離出入口最近的位置，如果大木從外面回來，就一定要經過交誼廳，也就是高瀨旁邊，才能夠回到他的房間。

「不太妙。」老闆放下手中的撲克牌。「搞不好他醉倒在某個地方。」

「他酒量很好的。」

雖然主廚這麼說，但老闆不安的神情依然沒變。

「所以我才怕啊，酒這東西大意不得。高瀨，我們去找他一下。」

「好。」高瀨也放下撲克牌，從座位上站起來。

眼看梭哈的成員一下子就要少了兩個人，主廚急忙說：「我想應該沒事吧，他等一下就會回來了。」

「等到真的有事就來不及了。」老闆與高瀨穿上禦寒外套，走了出去。

芝浦目送兩人離開後，戰戰兢兢地開口：「那個……大木先生為什麼會到外面去呢？」

「他說……要去清醒一下。」核桃轉過身子回答。

「這樣啊……這真教人擔心啊。」

「可能因為是最後一晚，所以喝得太盡興了吧！」江波平淡地說。

平常不太說話的人突然開口說話，似乎特別有說服力，幾個人聽了他的話，也跟著認同地點點頭。

老闆與高瀨離開約過了三十分鐘後，大家也變得沉默了起來。沒有洗牌的聲音，也聽不到上條叫將的聲音。每個人都安靜地坐在座位上，瞪著布穀鳥鐘看。

不記得是誰最先發現出入口的門被打開的聲音了。總之，當全身沾滿白雪的老闆走進來時，所有人都從椅子上站了起來。

「有找到嗎？」

最先發問的人是醫生，或許因為對方是個醫生，所以老闆覺得不能不理會，他抬起頭來，嘴巴不停開合，可是最後什麼也沒說。老闆的臉一片慘白，只有眼睛佈滿了血絲。他分別看了每個人的臉後，別開視線直接往吧台走去。他一走近吧台，便拿起電話聽筒。看見老闆只按了三次電話鍵，這讓大家更緊張了。

老闆開口說話的同時，高瀨走了進來。有人看向高瀨，有人則是把注意力放在老闆說的話上。老闆開始說話。明明沒有流汗，他卻用毛巾擦著額頭，任誰都明顯看得出老闆拚命想要冷靜地傳達事實。終於，事實化為語言傳了過來。

「啊，喂，是警察局嗎？這裡是鵝媽媽度假山莊。是的，我們就在那條路轉進來的地方……意外、有意外發生……是墜落意外……受害者只有一位……是、是，是的……應該是死了。」

第四章　斷裂的石橋

1

雖然這晚外面一片漆黑，甚至還飄著雪，但是在老闆報警後，第一輛警車在二十幾分鐘後抵達了現場，緊接著傳來救護車的警笛聲，又過了幾分鐘，度假山莊的停車場已經停滿了多輛警車。

包括菜穗子在內的所有客人，都像遭到遺棄了一般，被迫留在交誼廳等候。雖然從窗戶可以看到警車的警燈在閃爍，也可以知道有大批身強力壯的男人們在山莊四周精力充沛地走動著。但是，所有客人都不知道外面在進行些什麼，還是警方以什麼樣的程序採取行動。因為對意外狀況最了解的老闆與高瀨都在外面協助警察，所以大家也幾乎不知道意外的概況。

中村與古川應該是聽見外面的騷動而醒了過來，他們現身在交誼廳，兩人的裝扮都是在睡衣外面套上滑雪衣。

「發生什麼事了嗎？」中村搔著頭，輕聲詢問芝浦。

在這麼多人裡面，中村特地找上芝浦，想必是芝浦給人比較好問話的感覺吧；菜穗子如此推測著。畢竟所有人的表情都因為緊張而緊繃。

芝浦環視四周一、兩次，用手指把圓形眼鏡往上推了推，並用低沉的聲音說：「有意外發生。」

「意外？交通意外嗎？」中村也放低了聲量。

中村聽到意外會直接聯想到交通意外，想必是受到都市生活的影響吧。

芝浦搖了搖頭。「是墜落意外，大木先生好像從後面的山崖掉了下去。」

「大木先生？」

中村與古川互看了一眼。在菜穗子的眼裡看來，兩人互看是因為他們不知道在這種狀況下，應該做出什麼樣的表情。

古川開口詢問芝浦說：「那現在是什麼情形？」

「我也不清楚……」

在這裡，沒有人知道外面在做什麼。或許是察覺到氣氛不是很好，兩人沒再多問什麼，便並肩坐在角落的長椅子上。兩人坐下來時的感覺像是在說「氣氛雖然相當沉悶，但還是得設法早一刻融入大家」。

大約過了將近一個小時後，出入口的門被打開，老闆走了進來。老闆身後跟著幾名男子，其中幾個人在高瀨的帶路下，往房間的方向走去，剩下兩名男子與老闆一同留在交誼廳。其中一名是個中年的矮小男人，他的臉像喝了酒似的紅潤。另外一名是個留著五分平頭，體格健碩的年輕男子。在菜穗子的眼裡看來，兩人的相貌都不算友善。

「你們是在這裡舉辦派對，是吧？」

矮男人的右手插在褲子的口袋裡詢問。他發出尖細刺耳的聲音，這和菜穗子的想像有些出入。

老闆雙手交叉在胸前，點點頭說：「是的。」

「派對是從幾點開始的呢？」

「六點左右開始。」

「參加者呢？」

「在這裡的所有人。」

矮男人聽了，便頂出他的下巴，輕輕揮了揮食指。

他豎起大拇指比向玄關外面說：「在這裡的所有人……還有大木先生，對吧？」

老闆眨眨眼睛，點了點頭。

「是的，大木先生也是。」

「麻煩您說正確一點啊。」

「不好意思。」

老闆的表情顯得有些不耐煩，或許因為從剛剛就一直陪著這名刑警，被迫聽著刑警這樣的說話方式。
「大木先生是幾點左右從這裡出去的呢？」
老闆沒有回答，他靜靜地依序看著每個人的臉，不久後，他與核桃四目相交。
核桃開口回答：「應該是七點半左右。」
然後，核桃像是要確認似的轉向菜穗子，菜穗子也記得差不多是這樣的時間，於是輕輕點頭。
「他離開時有說什麼嗎？」矮男人打量著核桃與菜穗子的臉。
「他說要去清醒一下。」核桃回答。
「嗯，他看起來喝得很醉嗎？」
「這……」核桃看向菜穗子說：「很醉嗎？」
「我覺得不是很醉。」菜穗子斬釘截鐵地說。
那時候大木的表情根本不像喝醉，他的眼神看起來甚至非常冷靜。
「這麼說來的話，他應該是有些醉意，所以想讓自己稍微清醒一下，是這樣嗎？」
「是的……」
菜穗子只能這麼回答。
「大木先生是一個人出去的嗎？」
老闆回答了這個問題：「應該是的。」

「就算不是跟大木先生一起出去，但在那之後，有哪位也出去了嗎？」

這個問題是在詢問在交誼廳的所有客人，客人們都僵著脖子，只靠著視線確認彼此的反應。可是，沒有任何人表示自己出去過。

老闆化解了尷尬的沉默。

「大家在八點左右就開始玩遊戲，梭哈還有西洋棋之類的……所以，應該沒有人會出去才對。」

老闆接著詳細說明了什麼人玩了什麼遊戲，包括中村與古川在八點半左右回房間，以及菜穗子與真琴在觀看夫人與核桃下西洋雙陸棋的說明也都很正確。

「原來如此。」

矮刑警一副對老闆的說明不感興趣的模樣，搓著他的圓下巴。接著，年輕刑警在他耳邊不知道說了些什麼後，他便對著老闆輕輕把手一舉，走出了山莊。

「從哪裡掉下去的？」等到看不見刑警的身影後，真琴迫不及待地發問。

每個人的視線都往老闆身上集中。

「好像是從石橋上。」老闆露出疲憊的眼神看著真琴。「他為什麼會去那種地方呢……」

「那座橋果然很危險。」江波的語調還是有些平淡。「這是第二次有人從那裡掉下去了吧？或許把橋拆掉會比較好。」

「那這樣接下來是打算怎麼做呢，老闆？難道我們得一直被關在這裡嗎？」
雖然主廚這麼詢問，但與其說他是為了自己而問，反倒更像是代替客人在詢問的感覺。所以，老闆不是看向主廚，而是朝著整個交誼廳說：
「不會再給各位添更多的麻煩了，請各位繼續原本的旅遊行程。」老闆低下頭，最後說了句「麻煩大家了」。
老闆根本沒必要向大家低頭道歉的……
菜穗子與真琴回到房間時，櫃子上的桌上型時鐘已經指向十二點。山莊外面已算是恢復了寧靜，警車一輛輛地呼嘯而去，所有客人也都回到各自的房間，這時大家一定好不容易才能稍微放鬆心情吧。
兩人走進寢室後，便把身子拋向各自的床上，有好一會兒都沒有說話的心情，只聽見彼此的呼吸聲在床上不停交錯。
「妳覺得怎樣？」這是真琴說的第一句話。
「什麼怎樣？」菜穗子說。
「就是——」真琴吸了一小口氣後，繼續說：「會是意外嗎？」
菜穗子轉頭看向真琴，真琴雙手枕著頭，直直注視著天花板。她的呼吸顯得有些急促。
「如果不是意外，那是什麼呢？」

「不知道，有什麼可能性啊？」

「比方說自殺。」菜穗子故意說出與心情背道而馳的話。

或許是真琴識破了菜穗子的心聲，也或許是她打從一開始就無視於這個可能性的存在，她沉默不語。

「那麼……是他殺嗎？」為了觀察真琴的反應，菜穗子試探地問。

然而，真琴只是眨了眨眼睛。

「住在山莊裡的所有人都在交誼廳，沒錯吧？」

「是啊。」菜穗子把整個身子轉向真琴。「所以不可能是他殺啊。」

「不對，不是所有人，中村和古川兩人先回房間，這麼說來，只要從後門還是其他什麼地方出去……這樣的可能性也不是沒有。」

「難道妳認為是那兩人殺了大木？」

「我只是說有這樣的可能性，現在什麼都還不知道啊。」

「那這樣，說不定就是意外沒錯囉。」

「當然有這個可能。不過，話雖然是這麼說沒錯，但是我一想到大木，就覺得意外或是自殺都不像他的作風。」

對於這點，菜穗子也有同感。大木給人的印象是運動神經好像很敏銳的樣子。總覺得這樣的人就算是有些喝醉了，也不至於會失足墜落。而且，一想到他死前的言行舉動，就覺得自殺這個可能性相當低。

「是我想太多了嗎？」真琴說。

可能是吧，菜穗子如此想著。可是，這次的事件和公一的事件究竟有什麼差別呢？

「睡覺好了。」真琴似乎決定要停止思考，她坐起身子。

「所有事情都留到明天吧。」

2

隔天早上，兩人一等到高瀨前來通知用餐時間已到，便把高瀨拉進房間，並詢問他昨晚的意外。說是詢問，其實根本就像是在盤問。

「是老闆發現的。」高瀨從發現屍體時的狀況開始說明。

「因為找了很久都找不到他，我們猜想他該不會是掉到谷底，於是就走下谷底。我們猜測他如果是掉到谷底的話，應該會是從橋上掉下來，所以就往那附近找。是老闆先叫了出來，接著我也不小心看見了。」

從高瀨會用「不小心看見了」來形容，不難推測出屍體的狀況有多麼慘不忍睹。不知道是不是因為當時的畫面還印在高瀨的視網膜上，他一邊說話，一邊不停地擦著臉。

「他穿著什麼衣服？」真琴詢問：「跟在交誼廳時一樣嗎？」

高瀨皺起眉頭，斜眼看向上方，喃喃道：「應該是一樣吧……」他突然停頓了一下，像是想起了什麼似的抬起頭。「不對，有些不一樣。」

「不一樣？哪裡不一樣？」

「外套。」高瀨說：「他在交誼廳時應該是穿著長褲搭上毛衣，發現屍體時，毛衣外面還穿了一件GORE-TEX的防風透氣外套。雖然我只看了一眼，不過我確定沒錯。」

菜穗子回想著大木出去時的情景，那時候的衣服……沒錯，他沒有套上外套就走向玄關了。

菜穗子說出她的印象後，真琴雙手交叉在胸前，沉吟道：「這麼說的話，大木是在哪裡穿上外套的呢？如果菜穗子和高瀨先生的印象都沒錯的話，那麼，他就是事先把那件外套藏在山莊外面，後來才穿上的。」

「他為什麼要這麼做呢？」

「因為他打算要去什麼地方吧。」高瀨不自覺地從旁插嘴。他搔了搔頭，繼續說：「沒有啦，這只是我的感覺，隨便想想而已。」

「不，」真琴揮揮手說：「你的推測可能性很高。問題是……他打算去哪裡呢？」

關於這點，菜穗子沒有什麼想法，於是她問了不同的問題說：「警察是怎麼判斷的呢？」

高瀨一邊看著自己在桌上十指交叉的手指頭，一邊回答說：「雖然警察不會告訴我們他們的想法，但是從他們的語氣聽來，感覺像是要以酒醉墜落的意外來處理……不過，昨晚外面太暗了，他們似乎沒能盡興地做調查。我想他們應該是打算今天再調查一遍，然後做出結論吧。」

聽了高瀨的話，菜穗子有些失望地嘆了口氣。

「意外啊……」真琴看著菜穗子這麼說，她的視線像是要確認菜穗子的想法似的。然而，對於這次的事件，菜穗子自己也不是很清楚自己抱持著什麼樣的想法。

「兩位對去年的事件都有所懷疑了，想必妳們一定在猜想這次的事件是不是也有什麼關聯吧。可是，這次的事件並沒有他殺的可能性。」

或許是真琴的語氣讓高瀨感到在意吧，他的表情顯得有些生氣。

真琴卻只是冷靜地看著他，問道：「為什麼？」

「因為在大木先生可能墜落的時間，山莊裡的人全都在交誼廳。遠在交誼廳，卻可以把人從崖邊推下，這不可能吧？」

「時間？推算死亡時間已經出來了嗎？」

這種不太會從菜穗子口中說出來的單字，在真琴口中卻像是在說日常對話般流利。

高瀨聽了，點點頭說：「正確來說，應該是大木先生可能墜落的時間。據警察所說，大木先生幾乎是當場死亡，所以，我想這時間應該可以算是推算死亡時間。大木先生好像有戴著手錶，那手錶因為受到撞擊，所以停了。聽說那手錶指著七點四十五分，所以墜落的時間應該也是這個時間。」

「七點四十五分……」

真琴或許是在回想昨晚的情景，她輕輕閉上眼睛。「所以，這個時間所有人應該都在交誼廳。」

雖然中村與古川在派對途中比大家都先回了房間，不過那也是八點三十分左右的事。也就是說，他們有不在場證明。

「昨晚有沒有人離開了座位一下子呢？」

「妳是指有沒有人說要去上一下廁所，然後離開座位嗎？嗯，這就不得而知了。不過，要從玄關出去是不可能的，因為大家都在。」

「可以從房間的窗戶出去啊，說不定也可以從廁所的窗戶出去。」

「原來如此，從窗戶啊。」

「可是，我想這應該不可能。」

就在真琴無法完全贊同菜穗子的想法時，高瀨有些不好意思地從旁插嘴：「如果是說去上廁所，那頂多也只會離開幾分鐘吧？這麼短的時間內有可能殺人嗎？而且，對手的大木先生還是個運動健將。就算兇手用了什麼手段成功殺了人，也得馬上回到交誼廳，一副什麼都沒發生過的樣子，繼續和大家玩遊戲或聊天。剛剛殺了人的人有可能一下子就融入大家嗎？我覺得那個人一定會散發出不一樣的氣氛，而四周的人也一定會發現異狀的。」

高瀨最後補了句：「這樣會很不科學嗎？」他看向菜穗子和真琴。
「不會。」真琴回答：「我覺得你的見解有足夠的說服力，也很科學。」
菜穗子的想法也和真琴一樣。
「那麼，這樣可以了嗎？」看見菜穗子和真琴都沉默了下來，高瀨有些猶豫地站起來。
「早餐時間差不多快到了。」
「啊，謝謝你了。」菜穗子急忙道謝，真琴也輕輕敬了一個禮。
「我想，想太多也不見得好。」高瀨露出帶點緊張的笑容，開門走了出去。

菜穗子與真琴吃完早餐後，在交誼廳閱讀雜誌時，警察發出吵鬧的腳步聲，走進了山莊。喚來老闆並纏著老闆問了一大堆事情的人是昨晚的矮刑警。雖然他們是在吧台談話，但是菜穗子和真琴時而聽得見談話的內容。兩人聽到談話裡有提到投宿客名單。
「這不太妙。」真琴在菜穗子耳邊悄悄說道：「他們打算做客人的身家調查，妳用了假姓氏的事情會被發現。」
菜穗子的姓氏是「原」，為了不讓人知道她與哥哥公一的關係，所以用了「原田」這個姓氏登記住宿。
「會被發現嗎？」
「那還用說，我想警察是打算調查大木與其他客人之間的利害關係，還是雙方有沒有結仇之類的。想必他們是想先證明這些事情不存在，然後把這件事當成意外事件來處理。這跟妳哥哥的自殺案件的調查模式一樣。」

菜穗子記得她聽說過哥哥的案件調查也是照這樣的順序。

「傷腦筋，怎麼辦？」

「在這邊窮緊張也沒用，只能老實說出來了。不過，得先和高瀨套好話來。」

真琴把原本在閱讀的雜誌放回書架上，一副毫不在意刑警存在似的模樣，經過坐在吧台座位的刑警們後方，往走廊走去。這個時間高瀨應該是在打掃浴室和廁所才對。

過了十分鐘左右後，真琴回到交誼廳。她一副剛去上了廁所回來的模樣，從書架抽出剛剛那本雜誌後，在菜穗子旁邊坐了下來。真琴翻開雜誌，保持視線落在黑白寫真照片上的姿勢，輕聲說：「套好話了。」

「我跟高瀨說，原則上我們會向警察坦承身分，因為就算隱瞞，也立刻會被查出來。還有，我們來這裡的理由是出自很單純的動機，也就是妳想看一眼哥哥死去的地方，而使用假名是為了不想讓其他人有所顧慮。」真琴一邊看著雜誌，一邊面無表情地說。

「對不起，讓妳幫這麼多忙。」

菜穗子打從心底感謝著真琴，如果真琴不在的話，一定什麼事也沒辦法處理吧。

「難題還在後頭。」真琴的語氣相當嚴厲。

距離身穿制服的警官前來呼喚矮刑警出去的時間，已過了三十分鐘左右。刑警再度走了進來，他像昨晚一樣站在交誼廳的出入口附近，大聲地說：「各位，打擾一下。」他的聲音聽來依舊尖細刺耳，菜穗子感到頭皮一陣發麻。

「麻煩各位稍微配合一下。」

矮刑警大聲地吆喝，那聲音不僅傳遍交誼廳，甚至傳遍了整間山莊。或許他是打算把每間房間裡的人全都叫出來吧；菜穗子如此想著。在這個時間點，交誼廳裡除了菜穗子與真琴之外，就剩下芝浦夫婦和江波而已。醫生夫婦去早晨散步了，中村與古川一點也不在意昨晚的意外，一大清早就上山滑雪去了，至於上條，很難得地不見他的蹤影。

矮刑警的大喊似乎起了一些作用，主廚與核桃從廚房走了出來，還有高瀨也從走廊跑來。發現大家的視線都集中在自己身上後，刑警滿意地點點頭，並用眼神示意身後的制服警官。或許是覺得鋒頭全被矮刑警搶走了，制服警官一副只能趁現在搶些鋒頭似的模樣，動作誇張地走了出去。

「一下子就好了。」刑警一邊裝模作樣地說，一邊摩擦著雙掌。

這時，菜穗子的腦海裡浮現了名偵探白羅❺的身影，不過，這名刑警長得並不像白羅，她只是覺得好像在電影裡看過這樣的畫面。

不久後，先前的制服警官拿了一塊骯髒的木板進來。木板的長度約一公尺左右，一端呈

❺赫丘勒·白羅（Hercule Poirot），由英國推理作家阿嘉莎·克莉絲蒂筆下所創造的知名偵探。

現鋸齒狀，彷彿被摔角選手使力折斷。矮刑警接下木板，豎在身旁，並將呈現鋸齒狀的一端朝上。然後，他安靜地盯著大家好一會兒。面帶不安，卻又顯得很感興趣地凝視著木板的觀眾們似乎讓他很滿意。他握起拳頭，並把拳頭放在嘴邊，裝腔作勢地咳了一下。

「有沒有人對這個有印象呢？」

喀咚一聲，椅子發出撞擊地面的聲音，芝浦因為探出身子，不小心踢翻了椅子。大家的視線瞬間集中在他身上，他充滿歉意地拚命點頭。

「請問那是什麼東西？」江波問道：「看起來好像是裂片。」

刑警看向江波，不懷好意地笑答：「不知道，就是因為不知道，所以才要詢問各位的意見。」

「是、是在哪裡發現的呢？」這回換芝浦結結巴巴地詢問。

然而，對於芝浦的詢問，刑警同樣表現得不和善，不過說出來的話倒是挺溫和的。

「請先回答我的問題。」

「可以靠近一點看嗎？」這是真琴詢問的。

刑警看著真琴，有那麼短短的一、兩秒鐘，他露出了認真的表情，然後又立刻恢復那所向無敵的笑臉。

「我想這個問題應該不能不理吧，請到這邊來看個仔細吧！」

真琴站起身子，拍了一下菜穗子的背，她的意思是要菜穗子一起去。在有些尷尬的沉默氣氛中，兩人緩緩走近木板。

當菜穗子看到制服警官拿出木板時，就受到不小的震撼，因為這塊木板和真琴昨天早上在石橋附近發現的木板十分相似，乍看之下只有長度不一樣，昨天看到的木板長度有兩公尺左右。不過，因為這塊木板被折斷了，所以長度不同並不表示這不是昨天的那塊木板。

可是……

走近木板後，菜穗子立刻就發現眼前的木板與昨天看到的是不同的木板。雖然不是記得很清楚，但是印象中昨天看到的木板似乎是比較新的木板。而眼前的這塊木板卻是腐朽不堪，根本不是能拿出來使用的木板。仔細一看折斷的部位，上面遭到蟲蛀，內部已呈現空心狀。這樣的木板隨隨便便就會折斷了吧？菜穗子默默想著。

真琴似乎也看出這不是她看過的那塊木板，她沉默地對著刑警搖搖頭。

「沒印象嗎？」

「很遺憾，沒有。」

刑警把視線移向菜穗子，菜穗子也學著真琴搖了搖頭。然而，刑警並未表現出失望的樣子。他重新面向大家，重複問了同樣的問題。

「其他人有印象嗎？」

芝浦夫婦和江波都沒有開口說話，他們只是一臉困惑地反覆看著刑警的臉和木板。不久後，矮刑警似乎是死心了，他呼喚了老闆的名字。

「看起來，果然是像你講的一樣。」

「我沒有說謊。」老闆的表情充滿不耐。

矮刑警示意要制服警官拿起木板後，自己也跟著走了出去。他的背影彷彿在說，因為沒有任何收穫，所以也沒必要道謝。

等到警察離開後，江波走向吧台問老闆：「那塊髒木板是怎麼回事啊？」

老闆瞬間不悅地皺起眉頭，但是他發現其他客人的視線也都集中在自己身上，自己似乎不回答不行。

「那塊木板掉落在大木先生的屍體附近，今天早上才被發現的。」

「這跟大木先生的死因有什麼關聯嗎？」真琴也站起身子加入江波。

「那是塊斷裂的木板，警察同時也發現了另一半的木板，聽說另一半的木板上留有鞋印，調查後發現那鞋印和大木先生穿的運動布鞋符合。」

「也就是說……」

「是的。」老闆表情黯然地對著真琴點點頭。

「大木先生似乎是打算利用那塊木板越過山莊後面的那座斷橋。可是，剛剛各位也看到了，那是一塊腐朽的木板，無法承受他的體重，所以就斷了。」

「他為什麼要做這麼危險的事呢？」

自言自語的是芝浦佐紀子，她發現剛剛的話吸引了大家的目光，立刻像做了什麼壞事似的垂下頭。

「那是很危險的事。」老闆沉重的聲音在交誼廳響起。「所以，怎麼都想不透他為什麼要那樣做……警察似乎猜測著山莊的人時而會利用那樣的方法越過石橋。因此才會問大家對那塊木板有沒有印象。雖然我告訴過他們那是絕對不可能的。」

菜穗子回想著刑警與老闆的對話，她認同了老闆的說法。

「剛剛那塊木板啊。」站在老闆身後的主廚歪著頭說：「那該不會是之前丟掉的木板吧？老闆。」

「應該是。」老闆一副早就知道的語氣回答，然後，他對露出訝異表情的客人說：「我們經常會自己動手做東西，所以倉庫裡隨時都會存放木板。其中有些木板被蟲蛀了，於是就把不能用的木板丟到谷底，大約是一年前丟的吧。我想大木先生應該是從那裡，撿了那塊木板當跳板用。」

「有告訴警察這件事嗎？」

老闆聽了真琴的詢問，回答了句「說過了」。

話題暫時中斷，所有客人都一副不知該如何是好的樟樣呆站著，氣氛開始變得尷尬，大家都不知道在這種情況下，到底該採取什麼行動才好。

「總而言之。」老闆稍微拉高了音調，他似乎是打算一掃現場的沉重氣氛。然而，在菜穗子的耳中聽來，他的聲音卻異樣地尖銳。

「這是最後一次給大家添麻煩了，昨天我也說過了，請各位以自己的行程為最優先考量。我再重複一遍，絕對不會給大家添麻煩的。」

看見真琴走出山莊，菜穗子以為她是想要去散步，結果真琴卻一副理所當然的模樣繞到山莊後面。山莊後面警備森嚴地圍上了繩索，還有幾名警官留在山莊後面。不過，兩人靠近後，他們只是瞥了一眼，並沒有要趕走她們的意思。或許他們的腦子裡早已把這件事件當成意外來處理了。菜穗子默默想著。

真琴繞到這裡似乎是想要確認石橋。因為圍上了繩索，所以真琴無法靠得太近，她探出身子凝視著石橋下方。然後以手背用力地擦了一下嘴角，用著只有菜穗子聽得見的音量說：

「果然沒有。」

「沒有？沒有什麼東西？」

「昨天的木板。」

「啊。」菜穗子不禁叫了出來。

一名警官瞥了兩人一眼。

「走，回房間去。」真琴抓住菜穗子的手臂，用力一拉。

一進到房間，真琴確認走廊上沒有人後，才關上房門。菜穗子不明白是什麼事情讓真琴如此慎重，這讓她緊張不已。

「大木果然是被殺死的。」真琴在菜穗子的對面坐了下來，嚴肅地宣告：「昨天在石橋下面發現的木板，現在不是不見了嗎？卻在大木的屍體旁邊找到了很相似的腐朽木板，這代表什麼意思？」

菜穗子搖了搖頭，她不明白什麼意思。

「我換個方式來問。」真琴在桌上十指交握。「據說大木是打算用腐朽的木板越過石橋，可是這會有兩個疑問出現。第一個疑問是大木為何要越過石橋。然後，另一個疑問是為何他偏偏要使用腐朽的木板？現在我提出來的問題是第二個疑問——為何他要使用腐朽的木板？」

「那是因為……他不知道那是塊腐朽的木板吧？我也不是很確定，不過，我想光是看外觀應該很難判斷木板有沒有腐朽，而且晚上又很暗。」菜穗子說道。

因為光是看外觀很難做出判斷，加上四周很暗，所以沒發現木板腐朽了——雖然這是菜穗子臨時想到的，但她很滿意自己的這個想法。沒錯！一定就是這樣！

然而，真琴卻語帶玄機地說：「光看結果的話，應該是這樣沒錯。」

「光看結果？」

「我想應該沒有人會想使用腐朽的木板越過石橋，所以推測大木應該是沒發現木板腐朽的想法沒什麼不妥。可是，想要越過那麼高的地方，照理說應該會更加謹慎才對吧？好比說，確認看看那塊木板有沒有腐朽啊，還是能不能夠承受體重之類的。事先應該會做很多確認才對吧？」

「應該會……吧。」

要是我的話，就會這麼做，不，我一定會更謹慎才對。菜穗子這麼想。

「會做確認是理所當然的。可是，大木卻沒有做。我想，那是因為他確信那是塊好的木板。」

「他怎麼能夠確信呢？」

「這時就會想到昨天藏在石橋底下的木板。那塊木板不但很新，厚度和寬度應該都足以承受一個人的體重。」

菜穗子漸漸明白了真琴想要表達些什麼。同時，她的體內也好像有某種情緒開始不安分地蠢動，這讓她愈來愈沉不住氣。

「把那塊新的木板藏在石橋底下的人是大木，所以他把腐朽的木板當成那塊木板……是這個意思嗎？」

真琴用力地點點頭。

「不過，還必須思考一個問題，那就是為何大木會犯了這麼嚴重的錯誤？這個問題很容易解答，那是因為大木原本藏好木板的位置被放了塊不一樣的木板。」

「妳的意思是有人偷換了木板嗎？」

「只有這個可能性。」真琴壓低聲音說道，話中語氣十分有分量。

「他殺……」

菜穗子思考著這個名詞的涵義，這個名詞深深牽動著她的心。

「但是，謎題不只這個而已。為何大木有必要越過石橋？為何要在派對途中越過？還有為何兇手能夠預測他的行動？這些都是問題點。」

「他一定是有事得到石橋的對面去一趟吧。」

「而且，還不能讓別人發現……吧。」

菜穗子的腦海裡突然浮現上次在深夜裡發生的事。那天因為睡不著，所以到交誼廳喝水，結果聽到有人從外面回來的聲音。還有回到房間後，又立刻聽到大木回到隔壁房間的聲音。

「那天晚上大木應該也有越過石橋吧？」

「我想應該是吧。」

雖然菜穗子是把突然想起來的事情說出口，但是真琴卻像是早猜中她的心聲似的表示贊同。「他應該是用了那塊堅硬的木板吧。」

「石橋的對面……」

那裡究竟有什麼呢？

菜穗子還來不及讓心情完全平靜下來，便傳來敲門聲。或許是因為她高漲的情緒顯露在臉上，打開門後，站在門外的高瀨問了句：「妳怎麼了？」

菜穗子雙手摸著臉頰說：「沒、沒事，請問有什麼事嗎？」

「是的，老實說不是什麼好事……雖然老闆他已經氣憤地向警察抱怨過，已經答應不會再給客人添麻煩了，可是……」

高瀨彷彿惡作劇的小孩在找藉口似的，聲音變得愈來愈小。

「怎麼回事？」

高瀨吞了一下口水，說：「村政警部說想要向所有投宿的客人問話，他說只要一下子就好了……現在正好問完芝浦先生他們。」

村政警部指的好像就是那個矮刑警。

「所以接下來輪到我們了，是嗎？」

「無所謂。」真琴的聲音從身後傳來。「就陪陪他們吧，也可以藉此蒐集情報。」

「說得也是，在哪裡問話？」

「交誼廳最裡面的桌子。」

「我們馬上過去。」

「啊，還有。」高瀨稍微舉高右手，說：「我已經跟警察說過公一先生與菜穗子小姐的關係了，是真琴小姐交代的。」

「這樣啊……」

對於一年前的事件，警察會記得多少呢？在人口這麼少的地方，應該不至於忘了吧。他們知道死者的妹妹來這裡悼念死者，會做出什麼反應呢？如果他們表現得很好奇，固然會很不舒服，但如果一副漠不關心的模樣，那也教人不甘心。

「我知道了，謝謝你。」菜穗子向高瀨道謝，然後關上了房門。

「問題是要不要把木板的事情告訴警察呢？」真琴在桌上托著腮說。

菜穗子也在她對面坐了下來。

「警察畢竟也是專家，早晚會發現是他殺吧。不過，要發現可能還得花一些時間，所以，我們可以趁這段時間自己做調查，這也是個辦法。」

「原來如此，如果警察採取大規模行動的話，我們就沒辦法自由調查了。」

真琴用力拍了一下桌子，那動作彷彿在說「就這麼辦吧」。

「好吧！暫時就先不要說，不過，如果事情演變到我們無法處理的時候，就告訴警察。這樣如何？」

菜穗子點點頭，並再次堅定了自己的內心。

3

如高瀨所說，交誼廳最裡面的桌子旁就坐著身材矮小、臉紅潤得像喝了酒似的村政警部，還有一名體格健壯的年輕男子與他並肩而坐。其他桌子都空著。老闆就站在吧台裡面，他像往常一樣擦拭著玻璃杯，但大鬍子底下的表情顯得不悅。看著老闆仔細擦拭玻璃杯的動作，菜穗子不禁覺得那動作彷彿是老闆刻意在刑警們面前表現他的堅持。

看見菜穗子和真琴來到交誼廳，兩名刑警急忙站起身子，跟著動作有些誇張地點了點頭。

「打擾兩位難得的旅行，真是抱歉啊。」

尖細刺耳的聲音不斷震動著鼓膜，菜穗子毫不避諱地擺出厭惡的表情。然而，矮刑警卻是一點也沒察覺到。

真琴坐在村政對面，而菜穗子就在真琴旁邊坐了下來。這樣的位置安排是兩人事先討論好以誰為主來回答的結果。在兩名刑警面前的桌上，分別擱著各自的水杯。年輕刑警的水杯裡的水幾乎沒有減少，而村政的水只剩下三分之一。

「澤村真琴小姐與原田菜穗子小姐……不對、不對——錯了。應該是原菜穗子小姐才對。」

村政故意這麼改口，想必他是在嘲諷菜穗子使用了假名，不過，對於這一丁點諷刺，菜穗子早有心理準備。

「聽說您是去年往生的原公一先生的妹妹啊？」村政稍稍弓起背，探頭看向菜穗子。

菜穗子微微地頷首。

「嗯，您會來這裡是因為這個緣故嗎？」

村政明明已經聽高瀨說明過理由，卻還要再問一次。菜穗子稍微調整了呼吸，開口回答她與真琴事前套好的說法。到這裡來只是單純想要看一看哥哥去世的地方，而使用假名是不想打擾到其他客人。刑警把視線集中在菜穗子的嘴巴，專注聽著她說話，並沒有起疑心的樣子。

「喔，我好像能夠了解您的心情。」他用完全不帶同情的語氣這麼說。

「大木先生他也不知道您是原公一先生的妹妹，是嗎？」

「應該是的。」

菜穗子記起她們不曾與大木談過去年的事件，早知如此，應該在他死前多問他點事情的。雖然明白如今一切都太遲了，但還是覺得後悔。

「聽說最後和大木先生說話的人應該是您，您們說了些什麼呢？」

「最後？」菜穗子反問後才想起來，村政是指派對那時候。「他約我在東京見面，然後要我晚點把電話號碼告訴他。」

刑警似乎對大木邀約菜穗子的事情很感興趣，他稍微探出了身子。

「喔，然後呢？」

「我答應了。」

「原來如此，那大木就這麼死掉，實在太可惜了。」

村政表情顯得愉快，年輕刑警也咧嘴笑，想必是被交代，在這樣的情況下就是不好笑也得笑吧。但菜穗子覺得一點也不好笑。

「在那之前有說過話嗎？」

「前天晚上，用餐時有聊了一下，那是我第一次和他說話。」

「是誰先開口的？」

「是他先開口。」

菜穗子刻意讓語氣顯得像是在說「我怎麼可能先開口」，然而，這個刑警在這方面似乎相當遲鈍。

「聊了些什麼呢？」

「很無聊的事。」

菜穗子告訴了刑警，大木當時是問她要不要打網球。大木那充滿自信過了頭的眼神瞬間浮現在她的腦海。

「看來，大木先生第一次看到您時，就對您很感興趣了。不過，看到這麼漂亮的美女，也難怪他會這樣了。」

刑警說話時的神情似乎很愉快。

「誰知道？」菜穗子故意用著不悅的口吻說。

「可是，照您說的話看來，大木先生似乎是打算要回東京呢。」村政若無其事地道。

不過，在菜穗子的耳中聽來，他的話被解讀成在暗示自殺的可能性變低。

之後，刑警的問話對象換成了真琴，刑警問真琴的問題幾乎和菜穗子一樣。不過，因為真琴與大木幾乎沒有正式交談過，所以也沒有什麼事情讓刑警特別留意。

「您覺得大木先生是個什麼樣的人呢？」刑警最後這麼問。

真琴沒有猶豫，立即回答：「我覺得他是個短命的人。」

刑警們似乎很滿意真琴的答案。

「耽誤兩位的時間真是抱歉，這樣就行了。」

村政喝了口水後，一邊說、一邊垂下他的圓頭。

菜穗子看見真琴準備站起身，但她心中卻感到無法釋懷，她不自覺地開口問道：「那個，這和我哥哥的事件沒有關係嗎？」

菜穗子知道真琴在旁邊有些吃驚地看著她，而眼前的兩名刑警驚訝的程度似乎比真琴更高。村政手上拿著玻璃杯，而他身旁的年輕刑警則抓著筆，兩人保持這樣的姿勢注視著菜穗子的臉好幾秒鐘。不久後，村政的表情逐漸和緩下來。

「這是什麼意思呢？」

「就是……比方說和去年的事件有沒有關聯……不會調查像這類的事情嗎？」

事實上，菜穗子本身就期待著刑警會提出像這類的問題。刑警們一副早已忘了哥哥的事似的態度也讓她感到不滿。

村政聽了，像是終於明白菜穗子的意思似的搖了好幾次的頭。

「您會說有沒有關聯，是有什麼根據嗎？」

「不，並……」

並沒有。現在菜穗子手上的王牌只有相信公一不可能自殺的信念，以及大木是他殺的確信。而且，大木事件的事情還不能告訴警察。

看見菜穗子遲疑不語，村政鬆了口氣，他擺出很能理解對方心情的表情說：「畢竟連續兩年都發生了讓您受到打擊的事，我能體會您會懷疑兩件事是不是有關聯的心情。不過，這樣的偶然時而會發生的，不久後，就會開始有人說死神住在這座度假山莊之類的誹謗話語。」

或許是覺得自己開的玩笑好笑，矮刑警發出少根筋的笑聲，年輕刑警也照著交代客套地笑著。一股莫名的情緒在菜穗子的體內沸騰了起來，等到她察覺時，那股灼熱的情緒已經從嘴裡湧出。

「就是因為警察都這副模樣，所以才會一直有人被殺害。」

菜穗子無法控制自己的意識，話就這麼從她的嘴巴跑出來。她知道體內的血液正以猛烈的速度往頭頂竄。然而，她已經無法抑制自己的情緒。

村政比先前更驚訝，他的眼睛眨也不眨地凝視著菜穗子，眼神十分認真，眼睛還有些充血。菜穗子也不甘示弱地看著刑警，女孩與矮刑警互瞪，緊張的氣氛彌漫在兩人之間。

刑警為了平穩心情，深呼吸之後說：「這話不能聽聽就算了。」然後，他用比先前還要低沉的聲音開口：「您的意思是大木先生是被殺害的嗎？還有，您的說法似乎是在暗示您哥哥也不是自殺的……」

一點點後悔的心情，以及「事到如今只好拚了」的心情交互支配著菜穗子的心。剛剛她才和真琴說好先觀察一陣子，再考慮要不要把情報告訴警察，這讓她不禁厭惡起自己來。

「既然菜穗子想這麼做，那也沒辦法。」真琴像是認命般重新坐回椅子，然後直直看著刑警。「大木先生不是意外身亡，而是被殺害的。」

「真琴……」菜穗子帶著歉意抬頭看著真琴。
「與其私底下做一些小動作，不如把事情統統說出來會比較快。」真琴眨了一下眼睛說。
因為事發突然，村政登時不知道該如何反應，他輪流看著菜穗子和真琴，不安定的眼珠動個不停。
「您們……是不是知道些什麼？」
「是的。」真琴接著開口：「我們知道大木先生是被殺的。」
「可是，昨晚除了大木先生之外，沒有人離開過山莊……難道妳的意思是這是騙人的？」
村政說話不再像先前一樣刻意用禮貌句，這實實在在地顯露出他的狼狽。
真琴搖搖頭。「不，不是這個意思，兇手是使用了巧妙的手法。」
真琴把先前在房間裡告訴菜穗子的內容重複說了一遍，刑警安靜、專心聽著真琴簡明扼要的說明。
「以上就是大木先生被殺害的根據以及作案手法，有什麼疑問嗎？」
村政稍微睜開原本闔上的眼睛，然後從腹部擠出呻吟。
「原來如此，意思就是，被害人雖然事先藏好可以用來渡橋的堅固木板，但是被兇手換成了老舊腐朽的木板。嗯，這樣的手法確實有可能……」
村政把臉轉向身旁的手下，很快地說了幾個人的名字，並發出要這些人立刻來這裡的命令。對於突如其來的變化，年輕刑警有些不知所措，他慌忙離開交誼廳。村政目送著他的背影離去後，把臉轉回面對菜穗子和真琴，他臉上的表情已經變回原本那個狡猾中年男子了。

「如果能夠早點說出來的話……算了，就不跟妳們計較了，我想兩位也有妳們的苦衷。那兩位是不是在想如果這次的事件是他殺事件，那麼去年的事件也是偽裝成自殺的殺人事件呢？」

「我認為很有這個可能性。」菜穗子刻意不讓自己的說法顯得太直接。

「不過，妳這麼說，就等於在主張妳的哥哥與大木先生都是被同一兇手所殺害。他們兩位有什麼共通點嗎？」

「這……」

雖然菜穗子遲疑不語，但村政也沒有繼續追究，他只補充了句：「不過，這應該是我們該調查的事情。」

「兩年前這裡也有人死掉。」真琴突然開口說。

村政瞬間停止了一下呼吸，他沉默了一會兒，才回答：「是的。」

村政的停頓讓菜穗子有點在意。

「連續三年都有人死掉，而且還是在相同的時期。」

「偶然真是可怕的事情哪！」

「不。」真琴目不轉睛地正視著刑警的臉。

「我認為不是偶然才更可怕。」

第五章 「鵝與長腿爺爺」的房間

1

在菜穗子與真琴的證詞下，警方的調查方向有了大轉變。由縣警局總部派出來的機動調查小組和鑑識人員等警力來到山莊，並在石橋附近從頭做了徹底的現場蒐證。他們傾力尋找的東西，就是菜穗子和真琴日前看見的新木板。他們似乎認為只要找到這塊木板，調查進度就會往前邁進一大步。

不過，對於他殺的可疑性變濃——村政是使用這樣的說法——這件事，警方決定暫時不告訴其他投宿客人。想必他們是想讓兇手再逍遙一陣子，好等兇手露出狐狸尾巴來吧。關於這點，村政也拜託菜穗子和真琴協助保密。

警方突然的大動作搜查，山莊裡的人都驚訝又好奇地眺望著山莊外的動靜。不過，因為警方沒有特別向他們做說明，也沒有阻止他們外出滑雪或散步，所以大家似乎認為裝作不知道才是聰明的抉擇。用午餐時，除了菜穗子和真琴之外，還有四位客人——芝浦夫婦與醫生夫婦，沒有一個人提及這件事。大家或許是不敢提吧，而且比起這件事，菜穗子是公一妹妹的事實反而更成為大家的焦點。

「其實，那件事件我們也都有責任，如果我們發現原先生的精神狀態有些不穩定的話，就不會發生那樣的事情了，真不知道該怎麼向妳道歉才好。」

芝浦說罷，垂了好幾次的頭，旁邊的佐紀子也一臉歉意地垂著眼睛。

「快別這麼說，哥哥死之前能夠和大家相處愉快，我覺得很開心。」

菜穗子會這麼說，有一半是出自真心，有一半卻是大謊言，因為兇手說不定就躲在這個「大家」之中。

「既然這樣，妳應該早一點告訴我們的。」端來咖啡的核桃有些不滿地埋怨。

或許只有立場與核桃相同的高瀨知情，讓她覺得不是滋味吧。

「對啊，妳沒跟我們說真是太見外了。」醫生夫人也跟著附和。

不過，醫生立刻責備她。「她們是因為不想讓我們多費心，才沒有說的，妳應該要懂得她們的苦心。」

「不過，我們聽到原先生是重度精神衰弱患者的時候，實在是嚇了一大跳呢。因為他根本就不像啊！醫生，您說對吧？」

芝浦尋求醫生的贊同，醫生聽了也點點頭。

「這件事我之前也說過了。」

「原先生那時真的很開朗，我也經常和他聊天，他也常常來我們房間玩。」

「是嗎？他也經常到我們房間來呢，還會和我們一起喝茶。」醫生夫人說道。

一說到玩樂這方面的事，醫生夫人似乎就無法保持沉默。

「原先生應該也有去過你們的房間，不過他比較常來我們房間，應該是這樣沒錯。」

「是嗎？」

「是啊。」

「老公，別這樣。」外表看似性情溫和的芝浦，似乎在一些奇怪的地方會變得特別認真。

被佐紀子警告之後，芝浦像是突然想到什麼似的看向菜穗子，他脹紅著臉說：「真抱歉，我太失態了。」

「不會。」菜穗子一邊笑著回答，一邊思考著。

公一並不是那麼懂得交際的人，這樣的他會積極地拜訪別人的房間，應該是有什麼原因才對。而這個原因，除了壁飾之外，目前想不到其他原因了。

「芝浦先生的房間應該是『鵝與長腿爺爺』的房間吧？」

聽到菜穗子的詢問，芝浦夫婦兩人一起點點頭。

「我可以去你們房間玩嗎？我想看看哥哥經常去的地方。」

芝浦聞言，深深做了一次呼吸，然後加強語氣說了句：「歡迎、歡迎。」他強調：「一定要來玩喔！房間很不錯呢，看我說得像是自己家似的。」

「和我們的房間是一樣的。」醫生夫人再度插話，但被醫生用手肘頂了一下後，她就沒再多說什麼了。

「那麼，我們等會兒就過去拜訪。」

原本瞪著夫人看的芝浦聽到菜穗子這麼說，立刻露出和藹可親的眼神點點頭。

菜穗子從座位上站起來，看見真琴迅速地眨了眨眼睛，她的意思應該是說事情進行得很順利。

「鵝與長腿爺爺」的房間就在菜穗子和真琴住的房間「蛋頭先生」的右手邊。來到房門前，與真琴互相點點頭後，菜穗子輕輕敲了敲房門。

「來了、來了」的聲音，隨著急促的腳步聲逐漸靠近後，房門打了開來。

「很榮幸這麼快就見到妳們來。」

芝浦像個飯店的行李小弟似的，一邊抓著門把，一邊誇張地鞠了個躬。原本坐在沙發上的佐紀子也站了起來。

菜穗子一進到房間裡，木頭的香味以及床單剛洗好的味道混雜在一塊的空氣，撲進了她的鼻子裡。

真琴在她身後喃喃說：「似乎和醫生夫婦的房間是一樣的構造。」

菜穗子環視室內一圈後，也點了點頭。沙發、小型酒吧和書櫃，這一切都與「倫敦鐵橋與年紀一大把的鵝媽媽」的房間一樣。

「就如醫生夫人所說，不一樣的地方就只有從窗戶看出去的景色，以及壁飾上的文字而已。請別拘束、別拘束喔！」

兩人在芝浦的勸說下，在沙發上坐了下來。一坐下來後，便看見正面的牆上掛著壁飾。

「那是鵝媽媽童謠裡的〈鵝〉嗎？」真琴詢問。

坐在真琴對面的芝浦扭轉身子看向他身後的壁飾。

「好像是吧！說到這個，原公一先生也經常看著這首童謠。」

Goosey, goosey gander,
Whither shall I wander?
Upstairs and downstairs
And in my lady's chamber.

「不好意思，請讓我看一下壁飾。」真琴站起身子走近壁飾，並唸出背面的文字。

呱呱——呱呱——鵝先生，
去哪裡好呢？

跑上跑下，
跑到太太的房間裡。

「上面這樣寫著，真難懂的童謠。」

「不，其實原本的童謠更難懂呢。」芝浦說。

「原本的童謠？這是怎麼回事？」

聽到菜穗子這麼問，芝浦呼喚了正在準備點心的佐紀子。

佐紀子動作熟練地端來紅茶及點心後，向兩人開口：「記載在鵝媽媽童謠裡的〈鵝〉比較長。」

「妳的意思是說還有第二段和第三段的歌詞嗎？」

菜穗子記起醫生夫人曾說過〈倫敦鐵橋〉、或是〈年紀一大把的鵝媽媽〉的歌詞都會像這樣一直接續下去。

然而，佐紀子卻客氣地小聲否定：「不，不是那樣的意思。在這首童謠後面，會接上完全不同首童謠，記載在鵝媽媽童謠裡的〈鵝〉，就是將兩首不同的童謠搭在一起。」

「接上完全不同首的童謠？有這樣的事？」真琴吃驚地問。

「是啊，鵝媽媽童謠裡面好像有很多首童謠都是這樣，至於說到這首〈鵝〉的後半段歌詞在什麼地方嘛……」

芝浦做出詼諧的動作指向天花板。「二樓的壁飾上的童謠〈長腿爺爺〉，似乎就是後半段歌詞呢。」

「二樓？」真琴詢問。

「要看看嗎？」

聽到佐紀子這麼詢問，兩人異口同聲地說：「要。」

二樓的房間構造也幾乎與醫生夫人為兩人導覽的房間一樣。如果要說有不同之處，應該就是剛剛芝浦說的從窗戶看出去的景色吧。醫生夫婦房間的窗戶是朝向南邊，而這間房間的窗戶是朝向西邊。

「壁飾在那裡。」

先上樓的佐紀子站在房間的正中央，指向與樓梯相反邊的牆壁。有些看膩了的深咖啡色壁飾，像是理所當然似的掛在牆上。

「這就是〈長腿爺爺〉啊……」

菜穗子和真琴也站到佐紀子身旁，讀著上面的文字：

Sing a song of Old father Long Legs.
Old father Long Legs
Can't say his prayers:

Take him by the left legs,
And throw him down stairs.

大家來唱長腿爺爺的歌，
長腿爺爺，
不懂怎麼祈禱，
抓住他的左腳，
把他丟下樓。

唸完刻在木板背面的文章後，菜穗子再度與真琴並肩望著正面的英文。

「這首童謠就接在〈鵝〉的後面嗎？」菜穗子問佐紀子。

「沒錯。」佐紀子口齒清晰又溫柔地回答：「剛剛我也說過，目前收錄在鵝媽媽童謠裡的〈鵝〉就是把一樓壁飾上寫的童謠，和這首〈長腿爺爺〉搭在一起。因此，當〈鵝〉剛問世時，就只有一樓壁飾上寫的前半段歌詞而已。我後來聽霧原老闆說，他當時很苦惱於怎麼翻譯這兩首童謠，因為書上根本找不到。」

「妳說的搭在一起是單純地排列在一起嗎？」真琴問道。

「原則上是這樣沒錯，可是……請等一下。」佐紀子說罷，下樓去取來筆記本，在菜穗子和真琴面前書寫流利地寫出以下的歌詞：

呱呱——呱呱——鵜先生，
去哪裡好呢？
跑上跑下，
跑到太太的房間裡。
長腿爺爺，
不懂怎麼祈禱，
抓住他的左腳，
把他丟下樓。

「首先，兩首歌詞先這樣搭在一起。」
「喔～也就是把〈長腿爺爺〉中的『大家來唱長腿爺爺的歌』那一行文字刪去，然後排列在一起。」真琴比照著筆記本與壁飾這麼說。
「從這塊壁飾上的歌詞來看的話，確實是這樣沒錯。但是，〈長腿爺爺〉中本來就沒有『大家來唱長腿爺爺的歌』這一句。所以，我想應該是單純地排列在一起才是正確的。」
「原來如此。」真琴頻頻點頭表示認同。

「那麼，寫在這裡的就是被收錄在鵝媽媽童謠裡的囉？」菜穗子指著筆記本問道。

「不是，從這裡開始還會有一些變化。」佐紀子說完，再次提筆寫字。

Goosey, goosey gander,
Whither shall I wander?
Upstairs and downstairs,
And in my lady's chamber.
There I met an old man,
Who would not say his prayers.
I took him by the left leg,
And threw him down stairs.

「我記得記載在鵝媽媽裡面的歌詞應該是這樣沒錯。」

雖然佐紀子若無其事地這麼說，但是對菜穗子而言，比起歌詞內容，佐紀子能夠流利寫出一大串英文更讓她感到訝異。真琴似乎也有相同感受，她沒有說話，只是注視著佐紀子端莊的面容。

芝浦看見菜穗子和真琴的反應，開心地笑著說：「我太太是女子大學英文系畢業的，所以這方面多少懂一些。」

這似乎是讓芝浦引以為傲的事情，他細小的眼睛在圓形眼鏡底下露著光芒。

「不過，實在是太厲害了。」真琴搖著頭，讚歎不已。「一般人寫不出來吧？」

「別這樣啦，我會不好意思，我沒那麼厲害。」佐紀子臉頰微微泛紅，輕輕揮了揮手。「我上大學時曾讀過鵝媽媽童謠，那時剛好也有讀到這首童謠。所以，第一次來這裡住的時候，看到壁飾上歌詞跟我讀的不太一樣，回家後就查了一下，所以才會有印象。如果是其他童謠，我根本就不記得了。」

「而且，去年原公一先生也對這首童謠很感興趣，那時佐紀子好像也是這樣教他的。因為這樣的緣故，所以才能夠流利地寫出來吧。」

聽到芝浦說的話，佐紀子也跟著附和：「一點也沒錯。」

「那麼，這些歌詞的日文該怎麼翻譯呢？」菜穗子問道。

雖然這些英文句子，菜穗子自己能夠翻成日文，但是她想起鵝媽媽童謠都有其獨特的表現方法，所以才這麼問。佐紀子緩緩唸出日文翻譯，同時在英文歌詞下方寫下日文。她寫得一手好字，字體微微斜向右上方。

呱呱——呱呱——鵝先生要出門了，

去哪裡閒逛好呢？

跑上樓，跑下樓，
跑進女主人的房間裡。
房間裡有一位老爺爺，
因為老爺爺不肯祈禱。
所以咬住他的左腳，
把他丟下樓。

「原來如此，確實如妳剛剛所說，這歌詞變得更難懂了。」真琴走回菜穗子身邊，探頭看向佐紀子的手邊說道。

佐紀子回答：「後半段的〈長腿爺爺〉並沒有被收錄在《英國傳統童謠集》裡。聽說這首童謠原本是英國的小孩子們一邊扯下一種叫作長腳蚊的昆蟲的長腳，一邊哼唱的歌曲。至於這首歌為什麼會與〈鵝〉童謠合成一首，就不得而知了。」

菜穗子想起醫生曾說過意思不明是鵝媽媽童謠的特徵，比起合不合乎邏輯，鵝媽媽童謠更注重旋律或歌詞是否琅琅上口。或許這兩首童謠會合在一起，就是因為這樣無聊的理由，而小孩子們的單純頭腦也能夠不排斥地接受這樣的歌詞。

不過，看似低調的佐紀子會如此博學多聞，不禁讓菜穗子嘖嘖稱奇。聽到菜穗子的稱讚，佐紀子靦腆地摸著臉頰。

「我沒有那麼厲害啦！有關這首〈長腿爺爺〉的事，全是菜穗子小姐的哥哥告訴我的。」
「我哥哥？」
「是的，原先生對每間房間的壁飾上的童謠都相當感興趣，後來他還去了街上，買來鵝媽媽童謠的書。他好像讀了買來的書，做了很多功課。」
「我哥哥買了鵝媽媽童謠的書？」
這麼一來，就更能夠確定公一當時試圖解開鵝媽媽童謠的暗號。然而，比起這件事，菜穗子更在意的是哥哥買了鵝媽媽童謠的書籍，因為在他的遺物當中，並沒看見這樣的書本。
「原先生當時好像是在研究那個咒語的意思。」芝浦一邊調整眼鏡，一邊加入談話。
「雖然我不清楚原先生這麼做的原因，但我想多少是受了上條先生的影響吧。有關咒語的話題，一開始每個人都會很感興趣，但是時間久了，人們通常就會遺忘了。」
「原公一先生當時除了經常出入醫生的房間以及這間房間之外，他還去過其他哪些房間嗎？」真琴問道。
「我想，所有房間他應該都至少去過一次。因為他曾說過按照順序來閱讀童謠，是解開咒語的訣竅。」
「按照順序閱讀房間的童謠……」菜穗子陷入了思考。
這個順序是指什麼順序呢？是指從角落的房間開始讀起的意思嗎？
「啊，不過……」芝浦像是突然想起什麼，他用右手拳頭捶了一下左手心。「我記得那時公一先生曾這樣說：『從這間房間開始，就不能只照著順序閱讀歌詞』。」

「從這間房間開始，就不能只照著順序？」

菜穗子與真琴兩人互看了一眼。

2

兩人回到房間後，討論著接下來應該採取什麼樣行動時，村政警部派人前來呼喚兩人。這時兩人正討論出根據芝浦夫婦說的話，除了解開暗號，沒有其他方法可以解開真相的結論。

兩人跟在制服警官後頭，來到石橋附近，時間已接近日落時分，石橋落在谷底的影子拉長著。

「給兩位添麻煩了。」看見菜穗子和真琴出現，村政如此說道。然而，他的語氣聽來，絲毫不帶一點歉意。

「是這樣的，那塊木板終於找到了。」

村政以眼神向身旁的警官示意，警官動作僵硬地將夾在腋下的木板拿到村政面前。

「昨天早上兩位所看到的木板是這塊木板嗎？」

菜穗子把臉貼近，仔細看著木板。雖然木板顯得有些髒，但不管是厚度或長度看來，都與那塊木板一樣。真琴雙手交叉在胸前，一副不用看也知道是的表情。

「是這塊木板沒錯。」菜穗子以眼神向真琴確認後，這麼回答。
村政滿意地頻頻點頭，把木板交給警官。
「這塊木板是在對面的樹林裡找到的，雖說把木板藏在樹林裡很合理，不過這兇手也太老實了。」村政指向石橋對面的山麓笑道。看來，找到重要的證據似乎讓他很開心。
「這樣的話，就確定是他殺了，沒錯吧？」
聽到真琴這麼說，矮刑警摸了摸鼻頭。
「照這樣看來，應該是會朝那個方向調查下去吧。」村政給了這樣的答案。
與其說他是慎重，不如說警察的習性就是不輕易發表定見。
「這件事與菜穗子哥哥的事件是否有關聯呢？你們願意再做一次調查嗎？」
刑警聽了，忽然露出認真的表情看向菜穗子，然後開口：「目前還是會將這次的事件視為獨立案件來調查。在調查過程中，如果發現與去年的事件有所關聯，我們當然也打算調查。」
「兩年前的事件也一樣吧？」菜穗子像在叮嚀似的詢問。
村政表情略顯嚴肅地說：「是的，兩年前的事件也一樣。」
「關於兩年前的事件，村政先生，您了解的程度有多深呢？如果方便的話，希望您能告訴我們細節。」
想必村政怎麼也沒料到會被完全外行的人這麼問吧，他凝視真琴的臉好一會兒，才搔搔頭。

「真傷腦筋，調查是我們的工作，兩位只要把知道的事情告訴我們就好了，請兩位協助調查就是這個意思。」村政說完，滿意地笑了笑，就轉過身子大步離去。

看著村政的背影，菜穗子不自覺地嘀咕了句「真小氣」。不過，村政並沒有停下腳步，逐漸遠去。

「真小氣。」菜穗子這回是在尋求真琴的贊同。

真琴稍微聳了聳肩。「不過，這也沒辦法吧。上條說過兩年前的事件可以詢問主廚，我們還是問主廚好了。」

菜穗子和真琴在走回山莊的途中，與中村及古川撞了個正著。或許是因為一大早就上山滑雪，消耗掉了太多的體力，他們拖著滑雪杖及滑雪板走著。兩人一看見菜穗子與真琴，便使出全力在臉上堆起親切的笑容。

「出來散步嗎？」儘管再累，中村向菜穗子打招呼的聲音還是很有精神。「事件的騷動也告一段落了嘛！」

中村一大早就出了門，也難怪他會說出如此悠哉的話。菜穗子朝著中村露出別有涵義的微笑，中村似乎以為那是善意的微笑，步伐突然顯得輕盈許多。

菜穗子和真琴來到交誼廳後，便發現醫生和上條早已下著西洋棋。夫人坐在丈夫旁邊，百無聊賴地托著腮觀看棋局。一看見菜穗子和真琴走進來，上條咧嘴露出鍵盤般的牙齒笑了笑。

兩人從書架裡抽出雜誌後，便坐在今天早上村政警部問話時使用的桌子。兩人坐在這裡是為了討論接下來的行動。然而，兩人坐下來沒多久後，原本躺在醫生他們旁邊的長椅上的江波，有些猶豫不決地走近兩人。

「那個，方便說說話嗎？」

「請坐。」菜穗子心想總不能拒絕吧，只好邀請江波入座。

「聽說……妳是原公一先生的妹妹啊？」

「是的。」

他應該也是聽村政警部說的吧。

「去年的事真的很遺憾……我因為有工作在身，所以沒能去參加葬禮，真的很抱歉。」

「不會的。」

「我和原先生也相處得很融洽，我到現在還無法相信他有精神衰弱，甚至懷疑他真的是自殺嗎？」

菜穗子看向江波的臉，因為從來沒有人說過這樣的話。

「這是什麼意思呢？」菜穗子努力使用冷靜的口吻反問江波。

「妳知道當時房間是密室嗎？」江波一邊留意著醫生夫婦的動靜，一邊問道。

「知道。」

「自殺說法的主要根據之一就在於密室，可是現在回想起來，覺得有點奇怪。」

「你的意思是……？」

「是這樣的，那天晚上是我和高瀨最先去叫公一先生的，那時出入口的門並沒有被鎖上，只有寢室的自動門鎖是鎖著的。」

菜穗子點點頭，這與高瀨說的內容一致，高瀨說過「和一位客人一起」，原來那位客人就是江波。

「然後過了一會兒，高瀨又去了一次房間，結果這次出入口的門也被鎖上了。在那之後，一直到發現屍體為止，出入口的門都是鎖著的。這麼一來，就只有公一先生自己能夠鎖上出入口的門。因為那扇門不是使用自動門鎖，如果沒有鑰匙，就只能從裡面上鎖，而當時鑰匙是在公一先生的褲子口袋裡。還有，備份鑰匙確定沒被拿出來使用過，也是促成自殺說法的關鍵點。」

「到這裡的細節我都聽說過了。」

「只是，有一點讓我覺得很奇怪。最先我們去到寢室時，喊了公一先生那麼多次，可是他完全沒有反應，儘管是在自殺前也不會都沒反應吧？雖然說警察好像是以精神衰弱來解釋這點。」

「你的意思是我哥哥在那時就已經死了，是嗎？」

「是的。」江波明確地說：「只是這樣的話，會有一個疑問出現，是誰用了什麼樣的方法鎖上出入口的門鎖呢？雖然沒有鑰匙也可以從裡面上鎖，可是這樣的話，上鎖的本人就會被鎖在房間裡。」

「你有什麼好想法嗎？」真琴第一次加入對話。

「也不是什麼好想法啦……我認為關鍵在於寢室的門鎖。如果寢室被鎖上了，誰都沒辦法進去，對吧？也就是說，能夠進出房間的地方，就只剩下出入口的門。可是，沒有鑰匙的話，又只能從裡面上鎖。這麼一來，就只有一個可能性，我和高瀨敲寢室的房門時，就已經有人躲在裡面。」

「這麼說，兇手是在江波先生和高瀨先生離開之後，走出寢室並從裡面鎖上出入口的門鎖，是嗎？」

真琴立刻做出推理，她腦筋轉動的速度果然很快。

「可是，那個人要怎麼離開房間呢？」

「只能從窗戶吧。」

聽到真琴的猜測，江波也點點頭。

「我想那個人應該是用了什麼方法，可以從外面讓窗戶鎖上。如果有這個可能性的話，當時不在交誼廳的人就很可疑了。只是，很可惜的，我不記得當時交誼廳的狀況了。那時候我很專心地在玩梭哈，後來又跟核桃玩起西洋雙陸棋……不過，話說回來，如果沒辦法從外面鎖上窗戶，說這麼多也沒用。」

菜穗子的腦海裡浮現出窗戶的構造，她記得窗戶是分別朝外側與內側開啟的兩層構造，而內外層的窗戶上都有鉤環式窗鎖。

「你試過找到什麼方法從外面鎖上窗戶嗎？」真琴問道。

然而，江波露出黯然表情。

「我用我房間的窗戶試過，可惜沒找到什麼好方法。不過，我覺得這種事如果沒有在現場試過，是說不準的。」

菜穗子也贊同江波的說法。等會兒回到房間後，就立刻試看看——

「可是，假設兇手真的是從窗戶逃出去，應該會留下腳印吧？外面有積雪吧？」真琴用大拇指指向背後的窗戶這麼說。

「確實是這樣沒錯。只是，這附近的雪地不像推理小說裡經常會有的情節那樣，處於整片雪白無垢的狀態。如果妳們現在到外面去看，應該也會明白我的意思。因為外面正好是廚房後門連接到倉庫的走道，高瀨他們這些員工無時無刻都在雪地上留下腳印。尤其是在發生事件之前，有好一段時間沒有下雪，所以應該會有很多腳印留在上面吧。」

「也就是說，就算上面有兇手的腳印也無法辨別，是嗎？」

聽到真琴這麼說，江波回答說：「沒錯。」

「我想說的就這些，我一直很在意這件事，只是這種事情又不能跟其他客人講。」

說得也是，菜穗子想。江波說出這些話，就等於是在主張投宿的客人當中有殺人兇手。

等到江波離去後，菜穗子輕聲詢問真琴說：「妳覺得怎樣？」

真琴的表情像是想不透什麼謎團，她慢慢地道：「他說的是很合乎邏輯，可是我覺得那扇窗戶應該沒辦法從外面鎖上。」

在那之後，換了衣服的中村來到兩人的座位。

「妳們在做什麼？」中村不等兩人答話，立刻厚臉皮地在菜穗子旁邊坐下來。聞到令人不舒服的男用古龍水味，菜穗子忍不住別過臉去。

「要不要喝點酒啊？妳會喝吧？」

中村用大拇指指向吧台，歪了一下頭。菜穗子記起一年級參加聯誼時，有個學生也是像這樣邀她。

「不用，謝謝。」

菜穗子的視線轉向正在下西洋棋的醫生和上條，頭也不回地回答。

像這樣的男人，菜穗子認為就算再冷淡都無所謂。果然不出她所料，中村完全沒有知難而退的意思。

「那要不要到我們房間去呢？在這裡也不能好好聊天……古川也應該快洗好澡了。」

中村在菜穗子耳邊低聲詢問，可能是怕被醫生他們聽見。溫熱的氣息吹在耳邊，讓菜穗子感到很不舒服。這種時候真琴總是會狠狠瞪向對方為菜穗子解圍，但今天的真琴卻沒有任何動作。菜穗子看見真琴總算站了起來，於是鬆了口氣，沒想到她說出的話，卻讓菜穗子懷疑自己是否聽錯了。

「妳就去嘛，菜穗子。」

菜穗子驚訝地仰頭看向真琴，真琴卻一臉平靜。

「我有事找主廚，去廚房一下，中村先生的房間是哪一間啊？」

面對超乎預期的轉變，中村開朗地回答：「我們的房間是『啟程』，就在走廊盡頭左轉那一間。」

「原來如此，是『啟程』耶！」真琴說罷，用意味深遠的眼神看著菜穗子。

菜穗子這才明白真琴的真正用意，她是在暗示「這是個解開暗號的機會」，而真琴應該是打算去向主廚探聽兩年前事件的相關消息吧。

「可以吧？去一下就好了。」對於菜穗子與真琴兩人之間的眼神交流，中村完全不知情，他繼續諂媚地慫恿著。

為了要解開謎題，這也是沒辦法的事。

「只去一下的話，可以吧。」菜穗子鬱悶地回答。

「那就走吧！」中村迅速站起身子。

菜穗子看向真琴，真琴像在鼓勵她一般，眨了眨眼睛。

雖然房間名為「啟程」，但是沒有什麼特別不同之處，這間房間與菜穗子和真琴的房間格局完全相同，只有壁飾上的童謠不同而已。

The land was white,

The seed was black;
It will take a good scholar,
To riddle me that.

「不好意思，我看一下。」

菜穗子先向中村招呼一聲，然後翻開壁飾背面。上面寫的日文翻譯如下：

白色地面上，
有黑色種子；
想解開謎題，
就得勤用功。

最先吸引菜穗子注意的是「黑色種子」這句話。她記得醫生說過，哥哥公一曾經一邊看著〈倫敦鐵橋〉的歌詞，一邊談到黑色種子。公一所說的黑色種子會不會就是指這首童謠呢？還有一個疑問，也就是房間的名稱。「啟程」這個名字似乎和這首童謠沒有任何關聯。

「這首童謠的歌名為什麼會是『啟程』呢？」菜穗子回過頭問道。

中村只瞥了壁飾一眼，完全不感興趣地說：「嗯~我也不知道為什麼。」他立刻從背包中取出白蘭地酒瓶，說到底他還是想讓菜穗子喝酒。

中村從櫃子上取來白蘭地酒杯，倒入三分滿的白蘭地後，遞給菜穗子，自己手上也拿著酒杯。

「先乾杯吧！」

「中村先生每次都是住這間房間嗎？」菜穗子繼續問道，無視於中村舉杯想與她乾杯的動作。

「喔，是啊！不過，這不是我們自己要求的。」

「那你應該也知道這首童謠的意思吧？」

「我沒有太深入的了解，只知道古川去書店時從書上讀來的內容，我和其他人不一樣，對這方面的話題比較陌生。」

雖然如此，中村似乎接受了必須陪菜穗子聊這個話題的事實，他總算認真地看向壁飾。

「沒什麼大不了的意思，只是個單純的謎語。白色地面上，有黑色種子，猜一樣東西？意思就是這樣，答案是印上文字的白紙。很無聊吧？沒想到以前會有這樣簡單的謎語。」

中村拉開椅子催促著菜穗子坐下來，彷彿在宣告這個話題就到此結束。菜穗子不得已，只好坐下來。可是，菜穗子是為了壁飾而來，於是她不死心地再次詢問。

「這和『啟程』有什麼關係呢？」

中村拉了張椅子，正準備在菜穗子旁邊坐下，他聽了後，立刻露出厭煩的表情。

「我不知道。」

「真不可思議，是為什麼呢？」

「我說，菜穗子小姐啊。這些事情妳可以問老闆看看，因為替房間取名字的人好像就是他，和我在一起的時候，應該聊一些只能和我聊的話題吧。」

「啊，你說得對，真對不起。」

中村像是鬆了口氣似的，然而下一刻，他馬上神情狼狽地抬頭看向菜穗子，因為菜穗子放下酒杯，從椅子上站起來。

「怎麼了嗎？菜穗子小姐。」

「所以，」菜穗子展開笑顏回答：「我這就去問老闆。抱歉，打擾了。」

菜穗子關上房門時，中村仍然一臉茫然地坐在椅子上。菜穗子穿過走廊，聽到身後的房間傳來某種東西碰撞房門的悶響。中村應該沒有勇氣丟酒杯，想必是丟了枕頭之類的東西吧。不管他丟的是什麼，菜穗子都不想理會愚蠢的男人。

老闆的氣色雖然不太好，但是他站在吧台裡面親切地陪著菜穗子說話。對於菜穗子提的問題，老闆也認真地回答。

「您是說『啟程』的房間的命名由來嗎？這問題很難回答呢。」

「您不知道由來嗎？」

「坦白說，我不知道。英國的朋友把這裡賣給我的時候，那間房間就已經被這樣命名了。確實如您所說，雕刻在壁飾上的歌詞和『啟程』似乎沒有任何關聯。」

「『啟程』這兩個字是老闆您翻譯的吧？原文是……」

「原文是start，所以也可以翻成『出發』。可是，我想到這裡是一座度假山莊，用『啟程』的意境似乎比較好。」

「start……原來是這樣啊，原來是start。」

菜穗子剛剛因為被中村催促著，所以沒能夠確認到房門上的門牌。

菜穗子在心裡暗自唸出命名為〈start〉的童謠，這首童謠很短，很容易記住。

白色地面上，
有黑色種子；
想解開謎題，
就得勤用功。

「謎題」這個詞輕輕刺激著菜穗子的腦部，為何這首童謠是「start」呢？

「該不會……」菜穗子不禁發出聲音。

專心煮著咖啡的老闆似乎沒聽清楚菜穗子說的話，他問道：「什麼事？」

菜穗子急忙搖搖頭回答：「沒事。」
該不會這首童謠是解開暗號的第一步吧？——這是菜穗子前一刻想到的事。
或許start不應該翻譯成「啟程」或「出發」，而是翻譯成好比說——「開始」呢？而且，「想解開謎題，就得勤用功」這一小句歌詞的意境，很符合解開暗號的序曲。
「老闆，謝謝招待！」太過興奮的菜穗子忘了自己還沒喝任何飲料，便朝老闆喊道，隨後匆忙地跑回房間。她感覺到自己全身在發熱。
菜穗子回到房間、鎖上門鎖後，便取出高瀨畫的位置圖。她再次確認每間房間的配置，發現事情正如她所想，她興奮地點了點頭。
除去「倫敦鐵橋與年紀一大把的鵝媽媽」的房間不看，「開始」的房間——菜穗子已認定start只能這麼翻譯——就是山莊裡位置最旁邊的房間。況且，「倫敦鐵橋與年紀一大把的鵝媽媽」並不在同一棟建築裡。
菜穗子想起芝浦夫婦提過，公一曾表示解開暗號的訣竅在於按照各房間的順序閱讀童謠。也就是說，應該以「開始」的房間為起點，按照順序一路閱讀下去就行了。這麼一來的話，下一首童謠就會是……
菜穗子的視線正好落在寫著「聖保羅」的文字上時，出入口的房門傳來搖晃門把的聲音，應該是真琴回來了。菜穗子一打開門，真琴隨即用大拇指與食指做出圓圈的手勢。
「妳的表情看來是有所收穫的樣子。」

「妳的氣色也不錯嘛！」真琴說罷，瞥了走廊一眼後，關上房門。
「我有事想告訴妳。」
「那就先聽妳說吧。」
兩人中間夾著桌子，面對面而坐。
菜穗子向真琴說明了「啟程」應該翻譯成「開始」的推測，這首童謠應該就是解開暗號的第一首歌，歌詞裡也提到黑色種子。
真琴一邊看著菜穗子寫下來的〈開始〉的歌詞，一邊喃喃說：「這方向應該正確，問題是這個黑色種子指的是什麼？看來有必要再拜訪一次醫生夫婦的房間。」
「我也這麼想。」菜穗子表示贊同。
「對了，真琴，妳的收穫呢？妳應該問出很多事情了吧？」
「是啊。」真琴咧嘴一笑，接著從牛仔褲口袋裡掏出一張紙，並在菜穗子面前攤開來。上面的字跡稜角分明、非常男性化，寫得有點潦草。菜穗子知道那是真琴獨特的筆跡。
「兩年前墜落死亡的人叫作川崎一夫，他以前在新宿經營珠寶店，年約五十歲。當時他不是第一次來這裡投宿，聽說在那之前半年的夏天，他曾來過一次。他是在第二天的晚上從石橋墜落，當時的判斷是因為腳滑所以摔落。」
「也就是說，沒有像這次一樣的手法囉？」
「事到如今當然沒辦法確認了，不過如果有，警察應該不至於沒有發現他殺的跡象。」

「說得也是。」

「主廚對這個人的印象是沉默寡言、有些陰沉，聽說他當時幾乎沒有和其他客人交談。當時的客人到現在還會來這裡的包括醫生夫婦、芝浦夫婦，還有江波。可是，那時大家的同伴意識沒那麼強，所以大家對事件都表現得漠不關心。不過，聽說這事件背後還有一些故事，是主廚在參加川崎的葬禮時，從川崎的親戚那裡聽來的。」

「什麼背後的故事？」

菜穗子記得有人曾經告訴過她舉辦葬禮的時候，有關往生者生前的傳言會像百貨公司在舉辦大拍賣一樣，被賤價出售。

「在那之前，得先說一件重要的事。」真琴不是故意要吊人胃口，她用慎重的語氣說道：「主廚很少把這件事告訴別人，我想這也是因為很少有人問他的關係吧。主廚說他一直極力避免談到這事情，但妳猜，最後一個問主廚的人是誰？」

「嗯……」菜穗子開始思考。真琴會這麼問，一定有她的用意。菜穗子抬起頭。「該不會是……我哥哥？」

「答對了！」真琴說：「公一也知道這件事情，這個事實值得重視。也就是說，我們和公一幾乎是循著同樣的路徑在走。」

「妳的意思是哥哥企圖解開暗號的事情，和兩年前的事件並非毫無關聯嗎？」

「就是這麼回事，而說到這關鍵的背後故事。」真琴說著，在菜穗子面前豎起三根手指頭。「一共有三個。」

「三個？」

「沒錯，不過聽說主廚通常只會講兩個。他的理由我等會兒再說明，就先講前面兩個故事吧。第一個故事是在川崎的親戚之中，有謠言說那不是意外，而是自殺，聽說那些親戚都確信川崎是自殺死的。」

「自殺？有什麼憑據嗎？」

真琴聽了，用右手的食指指向自己的腹部說：「聽說川崎得了胃癌，當然了，醫生是主張沒有告訴過他本人這事實，但是他有可能已經察覺到了。」

「所以他就自殺了？」

「他們是這樣猜測的，雖然得了胃癌，但不表示就來不及醫治。」

不過，這還是能夠成為自殺的動機。菜穗子這麼想著。

「第二個故事沒什麼大不了的。川崎雖然是珠寶店的經營者，但是實際經營權是掌握在他太太手中，聽說他只是個虛有其名的社長，就連珠寶的鑑定，他好像都無法隨心所欲去做。可能是這樣的緣故，結婚沒多久後他就在外面有了女人，還生了個小孩。這件事被前任社長發現，臭罵了他一頓，後來他好像表示會付給對方分手費和對方分手，事情才告一個段落。但是呢，外遇的習慣似乎很難改，他在外面一直都有女人，因為顧慮到世人的眼光，所以他太太一直忍耐著。不過，聽說他太太曾經認真考慮過要離婚。」

菜穗子心想這種事情經常發生，不禁嘆了口氣，為什麼男人總是這樣呢？

「我想哥哥不可能對這話題感興趣的。」菜穗子的聲音顯得煩躁。

「這我也有同感。關於第三個故事，我先問了主廚是否有告訴公一，主廚雖然一副難以啟齒的樣子，但最後還是老實招了。他告訴了公一，聽說是喝了酒，不小心說溜嘴的。不過，也是因為這樣，主廚才願意也告訴我們吧。但是，他一直叮囑不可以把事情說出去。」

「看來，這事情很重要呢。」

「是啊，我認為公一的心正是被這件事情牢牢吸引了。」真琴加重語氣，她難掩內心的興奮，舔了舔嘴唇。「川崎來到這裡之前，早就不住家裡，幾乎跟離家出走沒兩樣。不管是他太太或其他家人，都是在他死了之後才知道他住在這裡的，聽說他的家人還向警察報了失蹤。」

「是嗎？」

聽到五十歲的男人會離家出走，菜穗子不禁覺得怪異，像這種時候，應該用「人間蒸發」來形容比較貼切。

「他的親戚們都認為他離家出走的動機是他知道自己得了胃癌，明白死期將近，所以才會希望至少剩下來的日子可以隨心所欲地度過。我記得好像有部電影就是在描述這樣的主題。」

菜穗子記起黑澤明導演的「生之慾」。

真琴繼續說：「不過，要讓餘生過得充實，就得有錢。但是，聽說川崎個人幾乎沒有什麼錢，所有財產好像都是在他太太的名下，為了預防他外遇，零用錢也少得可憐，無計可施的他只好從店裡的商品下手。」

「他拿著商品逃跑了啊？」

「不是，因為店裡有店員監視著，聽說他從店裡拿出來的是做成戒指或項鍊之前的寶石，也就是被送去珠寶設計師的工作室之前的寶石。他拿走的寶石當中，以鑽石和翡翠居多，聽說全數加起來有好幾千萬的金額。」

「好幾千萬！」

菜穗子想到頂尖棒球選手的年收入差不多就是這個金額，如果不這麼聯想，她就無法確切體會這金額有多大。

「也就是說，川崎帶著幾千萬的財產離家出走，接下來才是重點，他的屍體被發現時，並沒有發現這些財產。」

「被偷了嗎？」

「有可能，可是根據警方的調查，似乎沒發現被偷走的跡象，或許在他抵達山莊之前，發生了什麼事也說不定。這一切都是問號。」

「幾千萬就這麼消失不見啊……」

遺失這麼龐大的金額讓菜穗子感到不知所措。如果有這麼多錢，可以買到什麼呢？

「不過，這些都是從主廚那裡聽來的。」

真琴像是在替冗長的敘述畫下句點似的把頭髮往上撥開，重新坐正身子。

「我們推理的方向不應該放在這件事情上面，而是應該推理公一聽了這件事情後，會有什麼樣的反應。比方說，公一有了什麼樣的感受，或是對什麼東西感到興趣之類的。有件事情可以給我們提示，那就是公一為何會那麼執著於暗號。」

從真琴說話的口吻聽來，能夠知道她已經深思熟慮過了，而菜穗子也開始有些明白真琴想表達的意思。

「公一應該是猜測著幾千萬的珠寶就藏在山莊附近才對。」

「妳的意思是那個暗號指的就是藏珠寶的地方嗎？」

真琴深深點頭。

「可是，那個暗號不是川崎想出來的，而是山莊原本的主人，也就是英國婦人想出來的才對吧？為什麼珠寶會藏在那個地方呢？」

「這只是我的推測而已。」真琴先如此表態。「我在想，川崎他也知道鵝媽媽童謠是暗號，而且還成功地解開了暗號。他自殺前因為苦惱於不知如何處置手上的珠寶，所以才臨時想到要把珠寶藏在暗號所指的地方吧。珠寶就藏在暗號所指的地方，這聽來不是很浪漫嗎？」

菜穗子有些驚訝，她驚訝的不是真琴的推理太離奇，而是真琴居然使用「浪漫」這個字眼，她一直認為真琴天生就排斥這類的事。真琴本身也露出有些靦腆的表情。

「有反對意見嗎？」

菜穗子搖搖頭說：「我贊成啊，可是我不明白一點，為什麼哥哥會知道珠寶藏在暗號所指的地方呢？」

「妳說得沒錯。」真琴的語氣聽來像是這點她也思考過了。「說不定公一也不是確信珠寶就藏在暗號所指的地方，或許他單純只是這麼推測而已。不過，我認為目前不用考慮這點，因為重點在於公一當時想要解開暗號的目的。」

菜穗子靜靜地點頭。她覺得光是知道哥哥死前在尋找些什麼、熱中於什麼，這整個事件調查可說有了很大的進展。

「如果說哥哥是懷抱著這樣的夢想，試著解開暗號的話，那自殺的可能性就更低了。」菜穗子自認語氣非常冷靜，但卻察覺自己愈說愈激動。事實上，她的身體確實在發熱。

「一點也沒錯。」真琴彷彿明白菜穗子的心情，她加重語氣強調：「公一根本不是自殺，他是被人殺了，我想這已經是可以斷言的事。」

——被人殺了。

這句話再次壓迫著菜穗子的心。哥哥是被人殺了。

「為什麼非得要殺死哥哥呢？」

菜穗子眼裡泛起淚光，一行眼淚跟著滑落下來。

真琴屏氣注視著菜穗子。

第六章　瑪利亞回家時

1

房間內傳來敲門聲，菜穗子本以為是高瀨前來通知用餐時間到了，結果發現是江波神情緊張地站在門外。

「我有點在意，所以就來了。」江波說。

「在那之後，妳們有查過窗戶的鎖嗎？」

看來，江波似乎相當執著於密室的事。

「有，可是沒有查出什麼來。」

「這樣啊……」江波有些失望地垂下眼睛。

「啊，請進。」

菜穗子讓開身子，邀請江波進房間，江波稍微猶豫了一下，說了句「打擾了」就進入房間內。

這時真琴正在客廳裡，瞪著山莊的位置圖看。

江波看向散落整個桌面的圖形和童謠，充滿感慨地說：「原公一先生也經常這個樣子。」

在菜穗子的帶領下，江波一進寢室便立刻走向窗戶，確認窗鎖的構造。他似乎認為窗鎖就是關鍵所在。

「果然和我的房間一樣是鉤環式窗鎖。」江波一邊操作鉤環，一邊嘀咕著。

「我認為不可能使用繩子或鐵絲從外面上鎖。」不知何時來到菜穗子身邊的真琴說道。

「因為這裡的氣候寒冷，為了不讓冷風灌進來，窗戶完全沒有縫隙。」

「好像是這樣沒錯。」江波站起身子，像是已經死心。「不過，我在想應該還有一種方法。這方法是我從書上看來的。首先，讓鉤環式窗鎖處在快要勾住的狀態，再用雪還是其他什麼東西把它固定住。然後，等兇手出去關上窗戶，雪開始融化後，鉤環就會因為其本身的重量而勾上……」

「很常見的手法，不過這上面的鉤環非常緊密，似乎不會因為重量而勾住。」

真琴的語氣帶著「這種事早就確認過了」的意味，或許江波是為了掩飾他的難為情，他一邊搔頭，一邊離開窗戶。

「意思是說窗戶從頭到尾都是鎖住的囉？這麼一來的話，就很難解開密室之謎。兩位有什麼想法嗎？」

「想必兇手是從房門出去的吧。」
聽到真琴說的話，江波瞪大了眼睛。
「有從房門出去的方法嗎？」
「比方說，備份鑰匙。」
「原來如此，可是警察或許已經調查過這點了。」
「使用備份鑰匙的可能性很低，我打算調查看看是不是有什麼可以利用機械性裝置的方法。」
「這想法很好。」江波雙手交叉在胸前，點頭表示贊同。「我也來重新思考一次好了，如果有什麼新想法，我會馬上通知妳們。」
「拜託你了。」菜穗子低頭說。
看見菜穗子的模樣，江波沉痛地說：「妳哥哥人真的很好，他和我一樣都是推理迷。我們經常在一起討論。妳放心，一定會找出新線索的！」江波說罷，便走出房間。
看著江波關上的房門，真琴喃喃說：「密室啊。」
那聲音聽來十分憂鬱，菜穗子能夠理解真琴的心境，雖然一心掛念著暗號的事，但還得解開這個密室謎團。
房門再度傳來敲門聲，這回是高瀨敲的門。

2

用完晚餐後的交誼廳充斥著尷尬、沉重又緊張的氣氛，雖然一如往常，已開始進行梭哈遊戲，而醫生與上條也開始在西洋棋盤上排起棋子，但是卻沒有一個人能夠專心於遊戲。因為中村與古川不參加遊戲，所以兩人最早從這個氣氛中逃離，回到房間去了，而核桃與高瀨也說還有工作要忙，不知跑到哪裡去了。

菜穗子與真琴正在聽醫生夫人教她們如何玩骨牌，如果勉強要說，或許就只有這位夫人的興奮模樣跟平常沒兩樣。

「到底是想怎麼樣？」

主廚雖然是邊玩著撲克牌，邊說話，但是音量卻相當洪亮。他先把視線移向在他正前方的老闆，又立刻移向坐在吧台座位、觀察著所有人動靜的兩名刑警。

「什麼怎麼樣？」老闆說。他的聲音相當沉穩。

「我的意思是，」主廚今天似乎顯得特別焦躁。「他們為什麼要住在這裡？」

「我不知道。」老闆泰然自若地玩著撲克牌。

「難道他們打算一個一個地詢問客人說，為什麼要在這裡住宿嗎？」

「這也沒什麼關係嘛！」江波充當和事佬。「可能是還有事情沒調查完吧，想到明天一大早還要來到這裡，也真的滿累人的。」

「是啊，大家就別在意了。」

聽到芝浦也附和江波，主廚也就沒再多說什麼了。

引發不滿的村政警部與較年輕的中林刑警兩人，則一副完全沒聽見爭論的模樣，若無其事地抽著菸。菜穗子斜睨著兩人，暗自佩服起他們竟然能夠面不改色。

「哎呀，又是我贏了。」夫人用著天真無邪的聲音開心地說。

到了十點多，看見刑警們回到房間去，菜穗子與真琴也準備離開。雖然夫人抱怨著兩人太早離開，但是聽見菜穗子答應明天會再去房間拜訪她，也就不再堅持。

來到「聖保羅」房間前面，兩人對望了一眼，然後像在做最後確認似的互相點了點頭，菜穗子神情緊張地敲了房門。或許是因為擔心著會被隔壁房間的中村他們發現，敲門聲在菜穗子的耳中聽來，顯得特別大聲，連她自己也嚇了一跳。

前來開門的人是中林刑警，因為中林任由鬍鬚從嘴邊長到耳際，所以菜穗子一直沒能發現，這時她才發現原來中林有一張頗為稚氣的臉。中林用他又大又圓的眼睛看著菜穗子和真琴好一會兒後，像是想起來了似的叫了一聲「喔」。

「有什麼事嗎？」

「有件事想麻煩你們。」菜穗子探頭看向房間內部，看見村政的矮小身軀正朝向中林身後靠近。

「連男生的房間都敢闖進來，很積極呢。」矮刑警說著無聊的玩笑話。

「請讓我們看一下壁飾。」

「壁飾？」

「總之，可以先讓我們進去嗎？」真琴瞥了一眼交誼廳的方向，像在說悄悄話似的問道。

似乎因為真琴強調了她們不想被其他人發現的舉動帶來了效果，刑警們有些猶豫地讓開路。

「我們是想來看壁飾上的童謠。」菜穗子說完，便霸占壁飾前方的位置，在帶來的筆記本上抄寫起童謠。

有好一會兒的時間，刑警們只是一臉茫然地站在菜穗子身後，看菜穗子抄寫童謠。

村政終於開口問真琴：「難道這首童謠有什麼涵義嗎？」

真琴沒有立刻回答，她似乎是在思考該如何說明，不久後，真琴做出簡單的回答：「這是咒語。」

「咒語？」村政警部一臉詫異。「那是什麼東西？」

「就是……咒語。」

真琴告訴刑警們，這座度假山莊裡所有的房間都掛有刻著鵝媽媽童謠的壁飾，並簡單說明了壁飾的由來。刑警們連鵝媽媽童謠是什麼都不知道，又聽到「找到幸福的咒語」，似乎有點無法招架。中村刑警甚至還因為過於苦惱，發表了「最近流行的東西還真奇怪」，如此愚蠢的感想。

「我哥哥死前似乎也在研究這個咒語的涵義，因為這個咒語是一種暗號。」菜穗子抄寫完童謠後，向刑警們說。

「暗號？」

到底是警察，聽到暗號這類的字眼似乎都會有所反應，兩名刑警的表情同樣變得兇狠。

「妳這話是什麼意思？暗號是指什麼？」

菜穗子向刑警們說明川崎一夫與暗號的關聯，她與真琴討論之後，認為還是有必要告訴警察這件事。

刑警們雖然發現菜穗子和真琴如此熟悉兩年前的事件，感到非常興味盎然，但是提到藏珠寶的事情時，刑警們還沒聽完，就露出彷彿在嘲笑兩人太愚蠢的笑容。

「你這好像是『不可能有那種事情』的表情？」怒氣難抑的真琴強硬地問道：「就好像在說這簡直是童話故事。」

「不是這樣。」村政動作誇張地搖頭又揮手。「我認為這是有可能的事情，甚至還認為這想法很有獨創性，畢竟那時候的珠寶到現在都還沒被發現。只是……這個事件和妳哥哥的死應該沒有關聯才對……當然了，這只是我個人的意見。」

「可是，我哥哥當時在研究暗號是個事實。」菜穗子生氣地說：「所以，我們相信如果我們也和哥哥一樣研究壁飾上的童謠，一定會有什麼發現。」

「要不要研究是兩位的自由。」村政一派輕鬆地回答。

他的語氣像是在說，如果妳們想要透過玩這種暗號遊戲，享受當個偵探的感覺，那就請便吧！

「不過呢，我們之所以會做出妳哥哥是自殺身亡的結論，那是基於很多的調查結論，包括現場狀況、動機和人際關係等等。所以，兩位如果想要推翻我們的論點，首先得針對這些調查結果，提出可以讓我們接受的不同見解才行。」

「比方說針對密室嗎？」

聽到真琴的詢問，村政用著不帶感情的聲音回答說：「沒錯，密室也是其中之一。」

「根據我們綜合所有人的證詞，已經證實了能夠鎖上原公一先生房門鎖的人，就只有原先生本人。如果兩位要提出反駁意見，就得請兩位想好能夠解開這個謎題、具有合理性的答案，最重要的是必須合理。」

村政的意思應該是他不接受牽強附會，或是偶然性的推理。

「有一位客人提出了一個很有趣的意見。」

真琴想起江波白天說的話，於是告訴了刑警。也就是兇手是躲在寢室，從窗戶逃出去後，再利用某種方法上鎖的推理。村政最初露出了帶點嚴肅的表情。

「那麼，有發現從外面勾住窗鎖的方法嗎？」

「還沒有。」村政聽到真琴這麼問，立刻恢復他一貫的優閒態度。「我想也是，像這些事情，我們應該也都調查過了。」

「不過，我認為這是一個可能性。」

「擁有挑戰心是很重要的事。對了，提出這個意見的客人是哪位呢？方便的話，請告訴我名字……」

「是江波先生。」菜穗子回答。

村政聽了沒出聲，只微微張開了嘴。

「畢竟他是個科學家嘛！聽說他也是企劃創意的點子而在公司出名。只不過，好像個人意識太強烈，所以沒有什麼支持者。」

江波從兩年前發生事件時就來到這裡，因為這樣，警方對他的身家調查似乎做得十分透徹。

「總之，我白天也提過了，我們目前把精力集中在逮捕這次事件的兇手上。在辦案途中或者是結案後，如果我們認為這次的事件與過去的事件有所關聯，當然也打算調查過去的事件。這樣兩位明白了吧？」

「明白。」菜穗子不甘願地回答。

「那麼，晚安了，睡眠不足對皮膚不好。」

然而，當村政伸手準備開門時，真琴擋在他面前。

「大體上已經猜出這次事件的兇手是誰了嗎？」

「喂！」

中林粗暴地喊著，但是被村政制止。

「我敢說兇手是目前住在山莊裡的人，說得明白一點，兇手已經是甕中之鱉了。」

「所以說，你們是為了走最後一步棋定勝負，才住進來這裡，是嗎？」

「我們還沒有那麼多棋子可以定勝負，目前手上就只有一個將軍，剩下的全是兵……好了，時間很晚了。」

村政繞到真琴背後，迅速地打開房門，然後用沒有握住門把的手指向走廊。

「我是很想和兩位多聊聊，很可惜我們還有工作要做，今天就先這樣吧！」

真琴與菜穗子互看一眼後，輕輕嘆了口氣。

「晚安。」菜穗子說。

警部點點頭並關上房門。

童謠〈聖保羅〉：

Upon Paul's steeple stands a tree,
As full of apples as may be;
The little boys London Town,

They run with hooks to pull them down.
And then they run from hedge to hedge
Until they comes to London Bridge.

聖保羅的尖塔上有棵樹，
樹上結滿了蘋果。
倫敦城裡的小男孩們，
手拿鉤子跑來。
摘了蘋果後，跳過籬笆一溜煙地逃跑，
終於跑到倫敦鐵橋來。

這就是在村政警部的房間裡抄寫下來的童謠。菜穗子與真琴沉默地看著這首童謠好一會兒後，真琴先開口。

「公一好像說過解開暗號的訣竅是按照各房間的順序閱讀童謠，具體來說，這應該怎麼處理才好啊？」

「處理？」

「我的意思是應該把這個暗號歸類於什麼種類才好。好比說，暗號的種類當中，有的是採用把原文置換成其他文字或記號的方法。像是夏洛克．福爾摩斯的《跳舞的人》❻，或是愛倫坡的《金甲蟲》❼裡面出現的暗號就是這種。可是，現在這個暗號是把已經存在的鵝媽媽童謠排列在一起而已，所以不可能是剛剛那種暗號。」

真琴也算是愛看推理小說的人，不過還沒有到推理迷的程度，因為她把柯南．道爾的《跳舞的人》說成是夏洛克．福爾摩斯的作品了。

「還有什麼樣的暗號呢？」

「我想想，還能改變構成文章的文字順序。舉簡單的例子來說，就是把文章直接反過來寫，或者是以橫寫方式整齊地寫出文章後，再依縱向排列文字。不過，這個方法同樣不適用於這次的暗號。」

「還有呢？」

「還有在構成文章的單字裡刻意加上多餘的文字，讓整體文章變得不像文章的方法。」

「這個也不行，這次的暗號並沒有不像文章。」

「沒錯，利用我剛剛說的三種方法，所完成的暗號文不是會變得不像文章，就是像單純的記號羅列，所以，都不符合這次的暗號。」

「沒有方法可以完成像個文章的暗號文嗎？」

「以暗號存在的目的來說，暗號文不像文章本來就是很正常的事。不過，也不是完全沒有像個文章的暗號文。比方說，有種暗號乍看下是沒什麼重要的文章排列著，但是只要把每行文字的字頭或字尾串在一起，就會出現隱藏的文字。這啊，就有點像在玩文字遊戲。比方說，有一個這樣的例子。」

真琴說罷，便在筆記本上以每七字為一行，依序寫下〈伊呂波歌〉❽，並在每行文字的字尾畫圈。

i	ro	ha	ni	ho	he	to
い	ろ	は	に	ほ	へ	と
ti	ri	nu	ru	wo	wa	ka
ち	り	ぬ	る	を	わ	か
yo	ta	re	so	tsu	ne	na
よ	た	れ	そ	つ	ね	な
ra	mu	u	i	no	o	ku
ら	む	う	ゐ	の	お	く
ya	ma	ke	fu	ko	e	te
や	ま	け	ふ	こ	え	て
a	sa	ki	yu	me	mi	shi
あ	さ	き	ゆ	め	み	し
e	hi	mo	se	su		
ゑ	ひ	も	せ	す		

❻原文書名：The Adventure of the Dancing Men。
❼原文書名：The Gold Bug。
❽〈伊呂波歌〉始於日本平安時代，是一次使用四十七個平假名所寫成的詩歌。

「把每行字尾串在一起的話，不是會變成とかなくてしす嗎？這裡的『とか』指的是『とが（toga）』，是罪過的意思。也就是說，這首詩歌裡暗藏著無罪而死的句子。因為有這樣的句子存在，甚至有說法指出寫這首詩歌的人是含冤被判死刑。」

聽著真琴的解說，菜穗子發出了感嘆聲。她的感嘆有一半是訝異過去沒特別注意到〈伊呂波歌〉原來藏有這樣的祕密，另一半是佩服真琴的博學多聞。

「我完全不知道有這樣的意思。」

「這是很有名的例子，在說明暗藏文字的時候，這個例子一定會被舉出來。而且，只要是習慣閱讀推理小說的人，應該都知道這個例子。所以啊，妳最好不要在其他人面前大談這個例子。那會很丟臉。」

「什麼嘛，真沒趣！」

「反正就這麼回事。所以，這次的暗號採用這個暗藏文字方法的可能性最高。然後，其實我自己試著排列過文字了，只是……」

真琴從口袋裡拿出她的筆記本。自從來到這裡之後，因為不知道什麼時候會發生什麼事，所以菜穗子與真琴都習慣帶著紙筆在身上。

真琴的筆記本上面按照順序寫著鵝媽媽度假山莊的所有房間名稱：

「倫敦鐵橋與年紀一大把的鵝媽媽」別館（London Bridge & Old Mother Goose）

開始（Start）
聖保羅（Upon Paul's Steeple）
蛋頭先生（Humpty Dumpty）
鵝與長腿爺爺（Goosey & Old Father Long-legs）
風車（Mill）
傑克與吉兒（Jack & Jill）

「我試著把房間名稱的字頭和字尾都串起來過。可是，好像都看不出有什麼意思。而且，這和公一提過的按照順序閱讀就可以的說法也不一致。也就是說，完全不知道該怎麼處理這個暗號。」

「嗯……」

「我本來以為只要看了『聖保羅』的童謠，說不定就可以得到什麼提示。可是，我好像想得太天真了。」

難得看見真琴說話這麼不帶勁，明明想要盡早解開暗號，卻找不到半點線索，真琴似乎因為這樣而感到心焦氣躁。看著這樣的真琴，讓菜穗子感到痛苦，因為造成真琴苦惱的原因就在於她自己……

「總之，今天晚上先睡吧。」

雖然菜穗子知道自己說出這樣像是在安慰真琴的話很奇怪，但是她也知道如果不這麼說，真琴會一直守在桌子前面不肯離開。

或許是察覺到菜穗子的想法，真琴露出一抹笑容。

「說得也是，讓腦袋休息一下也很重要。」

於是，兩人走進了寢室。

熄滅房間的燈光不知過了多久後，在一片黑暗中，菜穗子仍然睜開著眼睛。自從來到這裡後，她一直都很難入睡，不過今晚有些不同。如果是在平常，她早就聽到隔壁床鋪傳來規律的呼吸聲，但是從剛剛就只傳來不斷翻身的聲音。她與真琴一起旅行過好幾次，她從來沒見過真琴這樣。

「真琴。」菜穗子輕聲呼喊。她感覺到真琴停止翻身的動作。

「什麼事？」真琴清醒的聲音傳來。

「剛剛的話題很有趣呢。」

「剛剛的話題？」

「〈伊呂波歌〉的話題。」

「喔。」真琴好像輕輕笑了一下。「又不是什麼了不起的事。」

「可是，很有趣呢。」

「那就好。」

「妳還知道什麼其他的嗎？」

「其他的？」

床單摩擦的聲音傳來，真琴似乎翻了身。她應該是用雙手墊著頭吧。菜穗子想像著。躺著想事情時，真琴總是習慣這樣做。

「嗯……」真琴回答著：「我曾經聽過一個有趣的例子，那是一種把文字拆散，再重新排列過，讓別人看不出原文是什麼的轉置式暗號。這種暗號很早以前在歐洲就頻繁地被使用，聽說有一位學者使用這種暗號發表了他的研究論文。」

「他真不怕麻煩呢。」

「或許他是愛玩吧。我記得他是荷蘭一位叫作惠更斯（Christiaan Huygens）的學者，聽說他把原文分解成英文字母，然後按照A、B、C的順序重新排列。所以呢，完成的暗號文好像劈頭就連著八個A，然後再連著五個C，聽說那是他發現土星光環的論文。」

「原文是什麼樣的內容呢？」

「因為原文是拉丁語，所以我只知道日文翻譯——圍繞一圈既薄且平，不與任何地方接觸，而傾斜於黃道的光環——大概是這樣的內容。」

「這句話指的就是土星的光環啊？」

「好像是這麼回事。」

「是嗎……」菜穗子茫然地在腦海裡浮現光環的形狀，然後菜穗子無意識地說道：「感覺原文聽起來比較像暗號。」

「是啊……」

沉默再度降臨。

就在菜穗子心想差不多該說晚安的時候，隔壁床傳來迅速掀開棉被的聲音。朦朧之中，菜穗子看見真琴走下床、套上拖鞋的身影。真琴的呼吸聽起來有些急促。

「怎麼了？」

「我想我知道了。」真琴的說法有些奇妙。「我想應該可以解開了。」

菜穗子也跳下床，真琴點亮燈光，菜穗子眼前瞬間變得一片雪白。

兩人中間夾著桌子面對面而坐，再次盯著「聖保羅」的童謠看。

聖保羅的尖塔上有棵樹，樹上結滿了……

「原來很簡單，這首童謠根本不是什麼暗號。」真琴說完後，緊咬著牙根瞪著童謠。

菜穗子覺得真琴的模樣看起來，像是因為之前一直沒能夠察覺到而感到生氣。

「只要照著讀就好了，根本不需要做任何變動。」

「照著讀？」

真琴一邊用手指著歌詞的幾個地方，一邊說：「聖保羅的尖塔、籬笆和倫敦鐵橋，看著這三個地方，妳不會聯想到什麼嗎？」

菜穗子驚訝地重新讀過一遍童謠，真琴會這麼說，應該就表示她看到這些字眼，立刻聯想到了什麼。聖保羅的尖塔、籬笆和倫敦鐵橋……可是，即使反覆看了好幾遍，菜穗子的腦海裡還是沒閃過任何東西。

「妳知道聖保羅教堂嗎？」

聽到真琴這麼問，菜穗子疑惑地搖搖頭。

「這樣可能比較難解釋。聖保羅大教堂有一個尖塔，那裡正是以凸起的屋頂而出名。聽到凸起的屋頂，妳應該可以聯想到什麼吧？」

「凸起的屋頂……」

這樣的畫面浮現在菜穗子眼前，那畫面不是空想出來的，而是實際看過的畫面，而且還是最近看到的……菜穗子張開嘴巴深深吸了口氣。

「是別館的屋頂！」

醫生夫婦投宿的房間在別館，那裡的屋頂顯得特別尖。

「沒錯，那籬笆和倫敦鐵橋呢？」

這個問題更簡單，菜穗子立刻就回答出來。

「是紅磚屋頂和後面的石橋吧！也就是說，在這裡出現的單字都能夠置換成這座山莊的東西，是嗎？」

菜穗子總算漸漸明白真琴會說這很簡單的原因了。

「沒錯，這不是暗號，只是暗示而已，童謠〈開始〉也是一樣。『白色地面上，有黑色種子；想解開謎題，就得勤用功。』這應該是在暗示想要解開暗號，就必須學習鵝媽媽童謠的意思吧。不過，目前還不知道『黑色種子』是暗示什麼。」

「不是暗號，是暗示……所以妳才會說只要照著讀就好了？」

「這麼一來的話，就可以這樣解讀這首童謠。」

真琴手拿筆記本，像在唱歌似的唸了出來。

「從別館偷了蘋果，跳過磚牆後，便到了石橋。」

「這太教人感動了。」

「對吧！」真琴也露出開心的表情。「也就是說，這首童謠應該是在暗示行動順序。先去別館，再沿著圍牆走到石橋……就是這麼回事。」

「從別館偷蘋果不知道是什麼意思喔？」

「應該是說那裡有解開謎題的關鍵吧！」

真琴恢復了自信的眼神。

3

隔天早上用早餐時，傳來村政詢問高瀨的聲音。為了避開這名矮刑警，其他客人都刻意挑離他遠一點的座位。為了盡量多蒐集一些情報，菜穗子和真琴則是選了隔壁桌的座位，而村政似乎也不在意被菜穗子和真琴聽見談話內容。
「用來燒木炭的小屋嗎？」高瀨的聲音先傳了過來。
村政輕輕點點頭。
「最近幾乎都沒有人會去那裡……那間小屋怎麼了嗎？」
「高瀨先生也不會去那裡嗎？」
「不會。」
「這裡的客人有誰知道那間小屋嗎？」
「這……我是沒有告訴過客人，可是如果曾經在那附近散步，或許會知道也不一定。」
「這樣啊，謝謝。」
村政向高瀨道完謝，便看向菜穗子和真琴，並做出別有涵義的勝利手勢。
用完早餐後，真琴準備到街上去買鵝媽媽的文獻，而菜穗子則是約好要前往醫生夫婦的房間。高瀨應該會送真琴到街上。
「咦？」
從玄關的鞋櫃裡取出運動布鞋時，真琴發出了聲音。她發現鞋子擺放的位置不同。
「我的也是耶。」
菜穗子從她絕對不會擺放鞋子的高處取出防滑靴子。
「啊，昨天晚上刑警先生好像有檢查過。」

「檢查鞋子？」真琴向高瀨詢問。

「是的，不過，我不清楚他們檢查了什麼。」

菜穗子與真琴兩人互看了一眼，紛紛做出不理解的表情。從鞋子可以查出什麼嗎？

「用來燒木炭的小屋是在哪裡呢？」坐進廂型車之前，真琴這麼詢問高瀨。

「在山谷對面。」高瀨回答：「在越過石橋的地方。」

「原來如此。」真琴露出「我懂了」的表情看向菜穗子。「舉辦派對的那一晚，大木是打算越過石橋，才會摔下去。警部應該是在猜測他到底為了什麼理由要這麼做吧。想必是因為這樣，才找到了用來燒木炭的小屋吧，或許他們發現了最近有人進去過的跡象也說不定。」

「大木去那間小屋到底要做什麼啊？」

「如果知道他要做什麼的話，事件早就解決了。」

「有時間的話，我去小屋看看好了。」

「妳要去看看是無所謂，不過，別逞強啊。現在應該做的只有一件事情。」

「我知道。」

「大木先生果然是被人殺害的嗎？」高瀨說。

高瀨當然也察覺到了狀況變得有些奇怪。

「如果兇手存在的話。」真琴說罷，便坐進廂型車。

送走真琴後，菜穗子沒有回到自己的房間，她前往了醫生夫婦的房間。菜穗子本以為醫生夫婦有可能外出散步去了，沒想到一敲門，便聽到夫人朝氣十足的聲音。夫人一見到菜穗子，心情變得更好了。

「我這就來泡茶。」

房間內沒看到醫生的身影，夫人回答醫生正在享受早晨的入浴時間。

在日本茶的芳香氣味圍繞下，與夫人閒聊了好一會兒後，菜穗子提起了暗號的話題。

「我哥哥有說過什麼關於鵝媽媽的事情嗎？不管是多麼不起眼的事也沒關係。」

「這個嘛……」夫人回頭看向壁飾，露出思考的神情。「我記得他曾經望著這首童謠望了好久。可是，沒聽他發表什麼感想。他每次都是望了望童謠，就回去了。」

「這樣啊。」

菜穗子的腦海裡閃過公一持有鵝媽媽書籍的事，書本上應該也有記載〈倫敦鐵橋〉這首童謠才對。即便如此，哥哥卻特地前來拜訪，然後望著壁飾的童謠看，這到底是什麼原因呢？

——會不會是這塊壁飾上的童謠和一般的童謠有什麼不同呢？如果是這樣的話，就能夠解釋哥哥的舉動。那麼，會是歌詞有什麼不同之處嗎？

不久後，菜穗子的視線盯住壁飾上的某個位置。那是〈倫敦鐵橋〉最前面的歌詞。

倫敦鐵橋垮下來。

垮下來，垮下來，

倫敦鐵橋垮下來，

我美麗的女士。

菜穗子注意到的地方是第一行字尾的句點。明明同樣內容的第三行字尾是逗點，為什麼只有第一行是句點呢？菜穗子站起身子走近壁飾，仔細觀察第一行字尾。果然是句點沒錯。

「這裡有點奇怪吧？」

菜穗子轉向夫人這麼說，夫人瞇起眼睛看向菜穗子所指的地方。

「喔，妳說那裡啊。那應該只是單純的錯誤吧！或許本來是打算刻成逗點，結果刻壞了也說不定。」

不，不是這樣的錯誤。菜穗子想。無論哪一塊壁飾上，都沒有發現這樣的錯誤，更何況要把句點修改成逗點，根本是輕而易舉的事。

這一定隱藏著什麼涵義——菜穗子如此確信。而且，公一肯定也注意到了這點。他為了解開逗點為何變成句點的謎題，所以拜訪了這裡好幾次。

忽然間，菜穗子的腦海裡浮現了一首童謠。記得醫生之前曾經說，「公一提過黑色種子什麼的」。黑色種子指的會不會就是逗點和句點呢？然後，還有〈開始〉童謠。

白色地面上，

有黑色種子；
想解開謎題，
就得勤用功。

原來如此。菜穗子暗自想著，身體不禁顫抖了起來。這首童謠不是單純暗示要學習鵝媽媽童謠的意思，公一一定也察覺到這點。

「不好意思，請讓我抄一下。」菜穗子說完，就開始在筆記本上抄寫歌詞。抄寫完後，菜穗子拜託夫人也讓她看二樓的童謠。然後，她發現二樓的〈年紀一大把的鵝媽媽〉歌詞中，也有很不自然的句點，那句點是在第二行的字尾。

年紀一大把的鵝媽媽，
每當她想出門時。
就坐在美麗的鵝上，
在天空翩翩翱翔。

在文法上，第二句字尾加上句點是錯誤的，菜穗子確信這一定是解開暗號的重要線索。她抄下這首童謠後，便向夫人道謝，離開了房間。

走出別館的出入口後，菜穗子繞到山莊後面，試著唸出〈聖保羅〉的後半段：「摘了蘋果，便跳過籬笆一溜煙地逃跑，終於跑到倫敦鐵橋來。」

菜穗子與真琴猜測籬笆應該是指山莊的圍牆，只要沿著圍牆前進，當然會繞到山莊後面，而石橋就在那裡。不過，石橋周圍被圍上了繩索，無法像過去一樣靠近石橋。

下一首童謠是〈蛋頭先生〉。

「蛋頭先生坐在牆上……」

菜穗子回頭一看，她看見包圍著鵝媽媽山莊四周的圍牆。如果想要照著童謠的歌詞行動，那就得爬上圍牆。爬上圍牆後，要做什麼呢？該不會得照著歌詞，從圍牆上滾下來吧？

——只要坐在圍牆上，就能夠看見什麼嗎？

菜穗子的腦海突然浮現這樣的想法，而這想法吸引了她的注意力。爬上石橋附近的圍牆，從那裡眺望四周——這句話聽來，像極了暗號。

菜穗子下定決心，並走近圍牆。圍牆約有兩公尺高，因為旁邊堆有石塊，所以菜穗子利用石塊作為踏板爬上圍牆。

從圍牆上眺望的景色可說是絕佳美景，雖然這天的氣候不佳，無法看清楚遠方，但是這倒也有山水畫的美感。不過，菜穗子想看到的不是這般美景，她想看到的是暗號的提示。然而，從圍牆上看得到的就只有雪山以及斷裂的石橋，還有讓人不禁有些腿軟的幽深谷底。

「相當英勇的舉動呢。」一聲音從底下傳來。

菜穗子往下一看，發現戴著深色太陽眼鏡的上條正仰頭看著她。

「看得見什麼嗎？」

「沒有。」

就在菜穗子打算走下圍牆時，上條一邊看向遠方，一邊說：「妳哥哥也經常做出這樣的舉動。」

菜穗子放棄走下圍牆。

「我哥哥？他在看什麼呢？」

「嗯……不知道他在看什麼耶！不過，我記得他不是那種會特地爬上圍牆、欣賞景色的人。」

「上條先生。」

菜穗子的語氣有些嚴肅，上條一聽，也露出正經的表情望向她。

「上條先生是不是知道些什麼事情？就是，那個……有關我哥哥死去的事。」

然而，上條只是動作誇張地揮揮手。

「別這麼高估我，我什麼都不知道，只是個住客而已。」

上條說罷，便離去了。

真琴在中午前回到山莊，她帶著鵝媽媽童謠的書，略顯疲憊地回來。

「完全找不到。」回到房間後，真琴在桌上攤開書本，一邊嘀咕著。

她指的應該是鵝媽媽童謠的相關書籍。

「聽說在日本，根本沒有人把英國傳統童謠當成研究對象，甚至連大學畢業論文都沒有人拿這個當主題，所以完全找不到相關文獻，最後沒辦法，只好買了童謠的書回來，這還是找了三家書店才買到的。」

「辛苦妳了。」菜穗子一邊慰勞真琴的辛勞，一邊翻閱真琴買來的書。鵝媽媽童謠的書是由谷川俊太郎翻譯，共有四冊。

「啊，對了，回來的路上，我在車上發現了一個有趣的地方。」

真琴拿起四冊中的一冊，翻開她摺起做記號的頁面，上面印的童謠是〈倫敦鐵橋〉。

「之前我們聽夫人說的童謠內容是，不管在河上造了多少次的橋都會被沖走，所以不斷變換造橋的材料，最後用石頭建造。可是，這本書上寫的內容並不一樣。書上的內容是說用金和銀造橋，為了怕被偷，所以得派人看守。」

Build it up with silver and gold,
Silver and gold, silver and gold,
Build it up with silver and gold,
My fair lady.

(……)

Set a man to watch all night
Watch all night, watch all night,
Set a man to watch all night,
My fair lady.

(……)

用金和銀建造它，
建造它啊，建造它，
用金和銀建造它，
美麗的公主。
……（中間省略）……
找個人整夜看守它，
看守它啊，看守它，
找個人整夜看守它，
美麗的公主。
……（後段省略）……

「真的耶，為什麼夫人會搞錯呢？」

菜穗子回想夫人提到這首童謠時，那充滿自信的表情。

「聽說〈倫敦鐵橋〉的歌詞分為八段，還有十二段的歌詞版本。夫人說的應該是八段歌詞版吧，畢竟八段歌詞的內容也比較忠於歷史。不過，倫敦鐵橋有一段黑暗恐怖的過去，應該是十二段歌詞的內容比較能夠象徵這段過去。」

「黑暗恐怖的過去？」

真琴在說明前，先強調了這和事件並沒有關聯。

「以前的人在進行架橋或築城等困難工程時，好像會採用人柱的方法。」

「人柱？」

「就是把人活埋在地基裡，作為完工的儀式。這算是一種避邪儀式，有這種習慣的國家不僅限於英國，據說世界各地都有相同的習慣。」

「活埋？好殘忍……」

「聽說在西洋的世界裡，這個人柱帶有看守人的意味，所以倫敦鐵橋完工時，當然有人柱埋在底下，這首童謠好像是在表現這個人柱悲劇。」

「原來是一首灰暗的童謠。」

菜穗子重新讀了一次童謠。如果不去思考與暗號的關聯性，只是單純地閱讀歌詞的內容，確實能夠感受到其中的神祕感與驚悚感，並讓人不禁發揮起想像力。

「是啊，不相關的話就先不講了。」

真琴闔上書本，像是要擦去菜穗子的感傷情緒似的。

「也就是說，這首〈倫敦鐵橋〉歌詞裡包含了『埋藏』的意思。如果說這是暗號的話，是不是就代表著『橋底下埋了什麼東西』呢？」

「妳的意思是說珠寶被埋在石橋底下？」菜穗子激動地問道。

真琴伸出右手安撫她的情緒。「應該沒有那麼簡單，不過我覺得，應該是在石橋附近沒有錯。」

「啊！對了，說到這個。」

菜穗子把她看了醫生夫婦房間裡的壁飾上的「倫敦鐵橋」歌詞後，發現句點和逗點的事情告訴真琴。真琴聽了，似乎特別在意公一也留意到這點的事實。

「原來如此，黑色種子啊……這到底代表著什麼意思？」

就像名偵探經常會擺出來的姿勢一樣，真琴把雙手交叉在胸前，並用一手托著下巴。

在這之後，菜穗子與真琴研究了鵝媽媽童謠的書約莫一個小時，兩人特別針對各房間的童謠進行重點式的閱讀。然而愈是閱讀，愈是因為童謠奇異的內容而感到迷惑，完全沒有得到任何解開暗號的線索。

「這首童謠好像也是在暗示些什麼，可是看不太懂意思。」

真琴遞給菜穗子看的是〈傑克與吉兒〉。

Jack and Jill went up the hill
To fetch a pail of water;
Jack fell down and broke his crown,
And Jill came tumbling after.

傑克與吉兒爬上山丘，
取一桶滿滿的水。
傑克摔跤摔破了頭，
吉兒也跟著滾下來。

「這上面寫著這首童謠可能是源自一則北歐的月神話，這則故事是說名為Hyuki與Bill的小孩去取水時，被月神帶走了。也有說法指出爬上山丘去取水不合邏輯。」

「『傑克與吉兒』的房間應該是江波的房間吧？」

「對，可能有必要去拜訪一次。」真琴用指尖敲打位置圖，發出叩叩聲響。

「對了，有個地方讓我很在意。」菜穗子說著，把自己翻開來看的頁面轉向真琴。書上寫的是那首「呱呱，呱呱，鵝先生要出門了——」的〈鵝〉童謠，這本書上的〈鵝〉童謠當然也是與〈長腿爺爺〉合為一體。

「房間壁飾上的童謠為什麼要特地變回原形呢？如果純粹是要取歌詞裡的意思，採用原本的童謠形式也可以啊。」

「嗯，確實很奇怪。在設計暗號上，必須將那間房間設定為〈鵝〉的童謠。可是，因為那間房間是兩層樓，所以非得準備兩首童謠才行，於是就勉強分成兩首童謠……這樣的解釋如何？」真琴口中雖然這麼說，但是表情卻顯得疑惑。

兩人這天的午餐也是在山莊裡解決，今天交誼廳裡果然不見任何客人，相信大家是討厭受到刑警監視吧。然而，交誼廳裡也不見刑警的身影。核桃站在吧台裡，而主廚的龐大身軀則坐在椅子上。

「這真是個諷刺的世界。」主廚為兩人端來火腿吐司和咖啡，低聲嘀咕著：「這世上的男男女女明明就像天上的星星那麼多，偏偏好男人或好女人都沒有對象。像這兩位小姐，兩個好女人湊在一起，這樣算算，就會多出兩個好男人喔。」

「你的口氣好像在說，你就是那多出來的好男人。」核桃保持視線落在週刊上說。

「我的體型有兩個人大，這樣算算剛好呢。不過，還有一件諷刺的事。」

主廚把他粗大的手伸進褲子的口袋裡，掏出一張紙條。

「一直到明年二月以前，山莊的預約都是滿的，就是剛才也還有人打電話來預約。以前不管我們刊登什麼廣告，都沒有太大的效果。自從那個事件被報紙登出來後，山莊的人氣就急遽上升。這不是諷刺是什麼？難道是蠟燭燒盡前的最後光輝嗎？」

「蠟燭燒盡？」口中咬著火腿吐司的真琴抬頭說。

「這座山莊會結束營業嗎？」菜穗子說。

「老闆他啊，」主廚一邊說，一邊把紙條收回口袋裡。「說不想繼續經營了，我也不想勉強他。」

「老闆他累了吧。」核桃說。

「或許是吧。」主廚也表示贊同。「這跟我們當初所想的不一樣，雖然我們一直知道不一樣，但還是讓事情演變成這樣。所以老闆才會做出結論，覺得差不多該放手了。」

「這裡會怎麼處理呢？」真琴用低沉的聲音詢問。

「拆掉就好了啊，反正也找不到買主吧。」

「這樣老闆和主廚會分開嗎？」

雖然核桃的聲音很落寞，但主廚卻豪邁地笑笑。

「我和那傢伙分不開的，我們兩人是一組，就跟妳們一樣。」主廚說著，看向菜穗子與真琴。「世上就是會有這樣的兩人組合存在，無法用道理來解釋。就算被四分五裂了，還是找得到只有彼此知道的記號，到最後還是會搭在一起。就算周圍的人都認為這傢伙和那傢伙根本不搭軋，兩人不可能搭在一起，但是一旦搭在一起後，卻是不可思議地搭調。」

菜穗子手中的湯匙滑落了下來，湯匙掉落到地面發出了金屬碰撞聲，但菜穗子的視線卻仍然在空氣中遊走。

「怎麼了？菜穗子。」

「嗯？我說了什麼話讓妳不開心嗎？」

儘管大家關心地詢問，菜穗子仍然一臉發呆樣。真琴搖了搖她的肩膀，她的視線總算定了焦點。

「我知道了，真琴。」

「知道？知道什麼？」

「我吃飽了。」

菜穗子站起身子，留下半片以上的火腿吐司，以及完全沒沾過口的咖啡，快步離去。對於菜穗子的舉動，真琴似乎也有些慌張失措。真琴向一臉茫然地目送菜穗子離開的主廚與核桃敬了個禮，急忙追在菜穗子後頭而去。

回到房間後，菜穗子按捺住著急的情緒，翻著筆記本。她想尋找的是〈鵝〉與〈長腿爺爺〉的童謠。

「找到了！」菜穗子翻開尋找到的頁面，把筆記本攤開在桌上。

呱呱——呱呱——鵝先生，
去哪裡好呢？
跑上跑下，
跑到太太的房間裡。

大家來唱長腿爺爺的歌，
長腿爺爺，
不懂怎麼祈禱，
抓住他的左腳，
把他丟下樓。

「這童謠怎麼了，菜穗子？」真琴不知何時已來到菜穗子身後，探頭看著菜穗子的筆記本。

菜穗子用手指著這兩首童謠說：「芝浦夫婦房間一、二樓的童謠是搭在一起的童謠，這會不會表示，和那間房間格局相同的醫生夫婦房間的童謠，也可以像這樣合為一體呢？」

「醫生夫婦的房間……妳是說把〈倫敦鐵橋〉與〈年紀一大把的鵝媽媽〉合為一體嗎？」

「是啊！」

「怎麼做？」

「就看句點和逗點的位置。」

菜穗子早已在兩首童謠的句點和逗點做上了記號。

「我們一直以為只是單純把前後的童謠搭在一起，可是不是這樣的。在〈鵜〉的歌詞裡面有指出搭在一起的規則，那就是句點和逗點。它是把〈長腿爺爺〉開頭到第一個逗點出現的句子『大家來唱長腿爺爺的歌』刪除，然後把剩餘的歌詞搭在〈鵜〉的後面。」菜穗子翻開芝浦佐紀子寫的童謠給真琴看。

呱呱——呱呱——鵜先生，
去哪裡好呢？
跑上跑下，
跑到太太的房間裡。
長腿爺爺，
不懂怎麼祈禱，
抓住他的左腳，
把他丟下樓。

「也就是說，要用相同要領把〈倫敦鐵橋〉與〈年紀一大把的鵝媽媽〉搭在一起嗎？」

「或許沒那麼簡單，不過試試看吧！」菜穗子翻開記下這兩首童謠的頁面。

倫敦鐵橋垮下來。
垮下來，垮下來，
倫敦鐵橋垮下來，
我美麗的女士。

年紀一大把的鵝媽媽，
每當她想出門時。
就坐在美麗的鵝上，
在天空翩翩翱翔。

「照〈長腿爺爺〉的要領，把〈年紀一大把的鵝媽媽〉的歌詞到第一個逗點出現的句子，也就是『年紀一大把的鵝媽媽』刪除，然後把剩下的歌詞搭在〈倫敦鐵橋〉後面……」

菜穗子在筆記本的空白位置寫下組合兩首童謠後的完成品。

倫敦鐵橋垮下來。
垮下來，垮下來，
倫敦鐵橋垮下來，
我美麗的女士。
每當她想出門時。
就坐在美麗的鵝上，
在天空翩翩翱翔。

「完全看不懂是什麼意思。」

「等一下……構成〈鵝〉的兩首童謠都是在文章最後才出現第一個句點。所以可以刪除掉這兩首童謠第一個句點後面的句子……沒錯，難怪〈倫敦鐵橋〉與〈年紀一大把的鵝媽媽〉的句點會被點在奇怪的位置。

「這麼一來……什麼啊，兩首童謠分別只剩下一行而已。」真琴排列寫下這兩行句子。

倫敦鐵橋垮下來。
每當她想出門時。

「這樣的話，或許就能夠翻出意思來吧？」

「嗯……意思是當她出門時，倫敦鐵橋斷了啊……」

「正確答案！這樣就對了，一定沒錯！」聽到真琴這麼說，菜穗子打了一下手掌心。

「這聽起來很像暗號，不是嗎？」

「是很像沒錯，可是……意思不明耶。」

「不能著急！」菜穗子的口氣流露出傲慢，似乎有些得意自己的推理清晰。

「下一首是〈風車〉沒錯吧？當風一吹，風車就轉動；當風一停，風車就不動，我記得歌詞是這樣很理所當然的內容。」

真琴翻閱鵝媽媽的書本，尋找著〈風車〉的童謠。

當風一吹，風車就轉動；

當風一停，風車就不動。

「看不懂，這首童謠要怎麼處理？」

「光是取歌詞的意思好像不行喔。」

「應該不是取歌詞的意思，或許得依照像〈鵝〉與〈長腿爺爺〉的童謠方式把〈倫敦鐵橋〉與〈年紀一大把的鵝媽媽〉合為一體那樣，以這首童謠為參考，然後再變換童謠形式。」

「再變換童謠形式啊……可是，這首童謠似乎沒有句點或逗點的問題。」

「一定還有什麼其他的線索。」

菜穗子把兩人剛剛想出來的句子：「倫敦鐵橋垮下來。每當她想出門時。」，與〈風車〉歌詞裡的單字一一進行比對。她心想歌詞裡面一定隱藏著什麼提示。不久後，菜穗子注意到了一個單字。那個單字是「When」，意思是「當……的時候」。

「這裡的提示會不會是『When』呢？」

聽到菜穗子這麼說，真琴也表示同意：「我剛好在想同一件事。」

「兩邊的句子都使用了『當……的時候做……』的句型，〈風車〉的歌詞裡也有出現相對的句子，就是『當風一吹』對『當風一停』。」

「這是不是表示剛剛想出來的句子也得變換寫法呢？」

「變換寫法？」

「比方說這樣寫。」菜穗子在筆記本上寫出下面的句子。

When she wants to wander,
Then London Bridge is broken down;
When she does not want to wander,
Then London Bridge is not broken down.

「當她出門時，倫敦鐵橋斷了。當她不出門時，倫敦鐵橋就沒斷……是這樣的意思嗎？這文章聽起來不是很順。」

「可能還要再變換一下，〈風車〉的歌詞裡並沒有使用『not』，而是使用反義詞。所以，這裡的句子或許也應該改成反義詞比較好。」

「『出門』的反義詞是『回家』……」

「『斷裂』的反義詞是『接上』……這裡指的是橋，所以應該是用『搭上』比較好。這麼一來的話，整句的翻譯就會是『當她回家時，倫敦鐵橋就會搭上』。」

「嗯，這樣聽起來順多了，那這個她到底是指誰啊？」

「『風車』的下一個房間是『傑克與吉兒』，傑克應該是男生的名字吧，那吉兒是男生還是女生呢？」

真琴看了一下書本說：「兩種說法都有。」

「那一定是指吉兒沒錯。」

「可是，有這麼簡單嗎？『傑克與吉兒』算是邊間，比其他房間還要遠耶。」

「可是，沒有其他房間了啊！『風車』的隔壁又不是房間，是個起居室……」

「也對……」

真琴從椅子上站起來，雙手交叉在胸前在桌子附近走動，視線時而看向桌上雜亂放著的筆記本，似乎是在確認一路的推理是否正確。

「氣死人了，不知道哥哥到底是怎麼解開的？」

菜穗子一副痛苦難耐的模樣抱著頭，正因為暗號解讀有了意外的進展，再差一步就能夠解開暗號，所以才教人著急。

「哥哥啊……」聽到菜穗子說的話，真琴停下腳步嘀咕著：「公一不是寫了『瑪利亞何時回家』的句子嗎？」

菜穗子緩緩抬起頭，看向真琴。

真琴繼續說：「『風車』房間隔壁是起居室，那裡有一張圓桌……我記得還有瑪利亞的雕像……」

兩人彼此互看，同時驚叫出聲。

「當瑪利亞回家時，倫敦鐵橋就會搭上！」

菜穗子衝進寢室，著急地在背包裡翻找東西，最後取出公一寄給她的明信片。

「原來『她』是指瑪利亞啊！難怪那裡會擺著瑪利亞的雕像。」真琴低吟說：「所以公一才會寫出這麼不合邏輯的問題。不過託他的福，現在我們知道一路的解讀是正確的了！」

「這樣總算是追上哥哥的進度，接下來就得換我們來研究『瑪利亞何時回家』了。」

4

太陽已開始西沉。

菜穗子與真琴兩人手持鏟子，以幾乎算是跑步的方式走在下坡的積雪山路上。兩人時而會確認手錶的時間。但是，兩人抬頭看向西邊天際的次數比看手錶的次數更多。

菜穗子和運動健將型的真琴不同，她感覺到心臟像是快要迸裂似的痛苦。汗水流進了她的眼睛，肺部疼痛不已。要是在平時，真琴一定會說「慢慢來沒關係」，但是，今天的她卻只會說「加油」。然而，菜穗子自己也根本不想停下腳步，因為時間來不及了。

——當夕陽出現時，倫敦鐵橋就會搭上。

菜穗子在心裡反覆唸著這句話，彷彿這是一句能夠減輕痛苦的咒語。

發現〈小瓢蟲〉童謠的人是真琴，她手上拿著書本，有好一段時間沒有開口說話，只是吸了口氣，然後把書本的頁面遞給菜穗子看。

Ladybird, ladybird,
Fly away home,
Your house is on fire
And your children all gone;

All except one
And that's little Ann
And she has crept under
The warming pan.

小瓢蟲，小瓢蟲，
快飛回家吧！
你家著火了。
你的小孩都逃跑了，
只有一個被留下。
那是小小的安。
小小的安，
爬進了暖桌裡。

「Ladybird」在西方通常會被聯想為「My Lady」，也就是聖母瑪利亞——書上這麼寫著——而「你家著火了」則是指天空被染上紅色的意思。

「這裡指的是夕陽。」真琴認真地看著菜穗子。「這是一首訴說天色快暗了，趕快回山上去的童謠，也就是說，瑪利亞是在黃昏時回家！」

「而倫敦鐵橋會在這個時候搭上嗎？」

「是橋的影子……」真琴輕聲說：「夕陽會拉長石橋的影子，雖然石橋實際上是斷裂的，但是影子會連在一起吧。」

「只要挖掘那個位置……啊，可是，還有『傑克與吉兒』沒有解讀耶。」

「那首童謠的內容是說傑克到山上取水……對吧？取水可以聯想成挖掘水井，所以，解讀成挖掘那個位置應該就可以了吧！」

真琴走進寢室、打開窗戶，今天難得是個晴天，可是太陽已經移動到很接近西邊的位置。

「走吧！」真琴抓起菜穗子的手。「現在不去的話，下次不知道什麼時候才會看到夕陽了。」

即便到了谷底，路面還是一樣崎嶇難行。雖然谷底的積雪不多，但是這裡到處都是石塊，上面還結了冰，一個不小心就會滑倒。儘管如此，看著漸漸西沉的夕陽，也就沒法走得太謹慎。

「雖然最近沒有下很多雪，這裡還是有不少積雪。」真琴走在菜穗子前面說道。就是運動健將型的真琴，也顯得呼吸有些急促。

「聽說我們來到這裡的前一天……下了很大的雪。是高瀨說的。」菜穗子早已上氣完全不接下氣。

她看見真琴的背影逐漸被染紅，天空已經是一片紅色，兩人加快了腳步。

「快看！」真琴爬上巨大的石塊，用手指著前方。

菜穗子朝她指的方向看去，發現石橋的影子像在地上爬行一樣直直地拉長。正如真琴所猜測，原本斷裂的石橋影子就快要連上了。

「就在那附近！快往那邊走！」

真琴以比先前更快的速度前進，她的腳程已經不是菜穗子跟得上的速度。菜穗子心想，就讓真琴先去找那個位置吧，於是放慢了腳步。

夕陽一旦開始下沉，很快地就會消失。當菜穗子好不容易到了真琴所在的位置時，四周已經開始變暗。

「怎麼樣？」菜穗子之所以這麼問，是因為她看見真琴在某處停下腳步，身體動也不動。真琴只是站著，並且一直注視著腳邊。

「到底怎麼了？」

聽到菜穗子再次詢問，真琴沉默地指向腳邊，在泥土與白雪混成一片的地面上，就只有一個地方呈現完全的黑土色。

「……是這裡嗎？」

菜穗子看著真琴的臉，真琴雙唇緊閉著點點頭，然後說了句「挖挖看吧」，便把鏟子插入地面。由於土壤吸滿雪水變得很柔軟，鏟子很容易就插入土壤，挖土的動作也顯得比較輕鬆。

「我也來挖。」

菜穗子也開始幫忙挖土，含有水分的土壤雖然很重，但是沒有大石塊夾雜其中。

不久後，真琴的鏟子發出碰觸到硬物的聲音，菜穗子不禁緊張了起來。

真琴蹲下身子，動作謹慎地撥開覆蓋在上面的土壤，四周已經變得相當暗，於是菜穗子點亮手電筒，在燈光的照射下，她看見一只相當老舊的木箱。

「好像是裝橘子的箱子。」真琴自言自語道。

「快打開看看嘛！」

菜穗子說話的同時，真琴已經伸手準備打開箱蓋。菜穗子本以為箱蓋可能會被釘子固定住，沒想到箱蓋居然輕鬆地就打開了。

「果然不出所料。」真琴看著箱子裡面，冷靜地說。

「不出所料？」菜穗子疑惑地探頭看箱子，然後「啊」的一聲叫了出來。

箱子是空的。

「怎麼會是空的呢？」

「答案很簡單。」真琴若無其事地說：「有人先找到這裡，然後拿走箱子裡的東西了。」

「應該是這麼回事吧。」

背後突然傳來的聲音讓菜穗子嚇了一跳。真琴也充滿戒心地站起身子，但她立刻放鬆下來。腳上穿著與裝扮很不搭調的橡膠長靴，朝兩人走近的人是村政警部與中林刑警。

「村政先生……你怎麼知道這裡？」

矮刑警對一臉詫異的真琴輕輕揮手，回答：「也不算是跟蹤啦！只是碰巧看到兩位裝備齊全地離開山莊，所以就跟在兩位後頭囉！」村政說完，朝兩人挖的洞裡瞥了一眼。「這樣啊，原來有人先挖出來了。」

「那人就是兇手，殺死公一先生的兇手。」真琴語氣沉重地說：「公一先生最後一定解開了暗號。兇手得知他解開暗號後，為了霸占財物，所以殺了他。」

然而，警部沒有回應真琴，他蹲下身子，仔細地看著洞裡的情況。

「這跟夕陽有關係嗎？」他保持蹲著的姿勢詢問。

菜穗子回答：「是的，因為夕陽投射出的石橋影子，就是暗號所指的位置。」

「原來如此。」警部站起身子，然後在中林耳邊低聲不知道說了什麼。

年輕刑警點了兩、三次頭後，便朝原路快步走去。

「太過分了喔，刑警先生。」真琴低聲抗議：「不願意讓我們看看你們的本領，是嗎？」

警部露出一抹意味深長的微笑，看向兩人。

「怎麼會呢？我會把所有事情都告訴兩位的，如果我的推理沒錯，事件應該解決了。」

第七章　童謠「傑克與吉兒」

1

村政警部出現在交誼廳，一副正等著現場氣氛熱鬧起來的樣子。正在洗牌的主廚看到矮刑警出現後，停下手中的動作，瞪大他那雙有些可愛的眼睛。

村政站在交誼廳角落，轉動著他的圓臉看向整個交誼廳，包括客人和員工，目前總共有十四個人在交誼廳，時間正好過了九點鐘不久。

開心玩著各種遊戲的人當中，有幾個人似乎發現村政的樣子與過去不同，他只是安靜地站著，用冷靜的目光注視著每一個人。那沉穩的態度讓人覺得他在偷偷觀察些什麼。

在角落座位上看著雜誌的菜穗子發現村政的視線投向自己，於是也直直注視他的眼睛，兩人如此互望了兩、三秒鐘，菜穗子感覺到村政似乎輕輕點了點頭。她心想，自己也應該表示什麼。然而，村政很快就面無表情地別開了視線。

「很抱歉。」村政朝整個交誼廳發出他那尖細刺耳的聲音。

如果說想要吸引所有人注意，他的喉嚨可說是擁有最佳條件，所有人都停止了手中的動作。

「請各位撥些時間配合，很快就會結束。」

老闆站起身子，粗魯地把手上的撲克牌往桌上丟。

「你還想要做什麼？我們不是約好不給客人添麻煩了嗎？這跟當初的約定不一樣。」

「請您坐下來。」村政沉穩地說：「這是案件調查，請各位配合。霧原先生，請坐下，先聽我說。」

以老闆平時的個性來說，他有可能會再說上一句反駁的話，然而他沒有這麼做，或許是矮刑警散發出不讓他這麼做的威嚴。

村政再次環視交誼廳一遍後，終於緩緩開口：「兩天前的晚上，大木先生從後面的石橋墜落身亡。我們針對這個事件謹慎調查後，已經查出這是一起讓人誤以為是意外的他殺事件。」

村政的語調很平淡，就像在做形式上的調查結果報告一樣。一開始，所有集合在交誼廳內的人都還無法搞懂他的意思，大概停頓了一次呼吸的時間後，每個人內心的驚訝才化成呼喊聲在交誼廳響起。

「怎麼可能?!」最先做出具體反應的人仍然是老闆，正因為他是發現屍體的人，所以才會無法接受吧。

「騙人的吧？」說話的人是主廚，他手中還握著撲克牌。

村政看向老闆和主廚，擺出認真的表情。「不，是真的。」

「推測的死亡時間有不同嗎？」醫生提出的問題很符合他的專業。

村政搖搖頭說：「沒有，醫生。推測死亡時間沒變，應該就是被害者的手錶停止不動的時間，也就是七點四十五分沒錯。」

「那就是意外啊！」主廚說。

「不，是他殺。」警部平淡地說：「犯人是使用巧妙的手法殺人。」

「人沒在現場，卻能夠把他人推落的手法嗎？」

「沒錯。」

主廚用鼻子哼了一聲。「簡直就是魔術嘛！」

「沒錯。」村政重複了一遍。「簡直就是魔術，我就先向各位說明這個魔術手法吧！」

當村政發言時，菜穗子與真琴都沒有看著他，而是把視線集中在某個人身上，想要仔細觀察那個人會做出什麼反應。警部開始說明起殺人手法，也就是新木板與舊木板被掉包的事，而菜穗子和真琴也在這時看出那個人的表情開始有明顯的變化。

說明完之後，警部再次看著所有人，他那充滿自信的表情彷彿是在說「沒有人要反駁吧」。

「老實說，這個手法並不是被我們刑警識破的，而是各位當中的某人告訴了我們，同時還提供了寶貴的證詞。就這點來說，兇手的計畫可說早在一開始就已經失敗了。」

村政緩緩踏出步伐。所有人都緊閉雙唇，沒有出聲。在一片寂靜之中，村政的鞋子發出奇妙的節奏和聲響。

「於是，關於兇手是誰這個問題，比我們預期得還要輕鬆地查出來了，因為兇手與謎團是休戚與共的。」

「休戚與共？」老闆反問。

「沒錯，當知道有這個手法時，首先會怎麼想呢？一般會思考是誰設下的吧。不過，也可以這樣來思考——是誰能夠想出這樣的手法？」

「很有道理。」說這句話的人是上條。

「謝謝。」警部微微頷首。

「只要事先把大木先生打算用來渡橋的木板掉包成老朽木板，大木先生在渡橋途中就有可能因為木板斷裂而摔落，這或許是每個人都想得出來的。不過，當實際付諸行動時，兇手會思考些什麼呢？雖然做好機關，但木板有可能不會斷裂，或是因為木板實在太老舊，而被大木先生察覺。要是在木板上動手腳，也可能被警察發現。所以兇手必須選擇外觀不會被大木先生識破，而且也無法支撐一人體重的木板。關鍵就在於現場的人當中，究竟哪些人能做出如此精準的判斷。」

菜穗子感覺得到所有人都倒抽了一口氣，她記得自己第一次從村政口中聽到這件事時，心裡也非常驚訝。原來，當菜穗子和真琴告訴村政有關殺人手法的事時，村政立刻就抱持這樣的疑問。不過，真琴聽了，卻只是冷淡地說了句「因為村政先生是專家啊」。

警部繼續不厭其煩地解釋。「這麼一來，到底哪位是最佳人選呢？」

「請等一下。」

犀利地打斷刑警，站起身子的人是老闆。

「照你這麼說，感覺像是在說我就是兇手。」

村政一聽，露出滑稽的表情看向老闆。「喔？你這樣認為嗎？」

「不是嗎？我自己動手做了很多山莊裡的家具，自認對木板的種類和強度也多少有些了解。就你剛剛的推理，我就是那個最佳人選。」

「如果這樣解釋，那我也是啊，老闆。」

聲音從角落傳來，在所有人的注目下，高瀨站起身子。

「我也經常幫老闆製作家具，甚至比老闆還要了解木板的庫存狀況，因此我也有嫌疑。」

「我可不是喔！」主廚接口：「除了做料理之外，我什麼都笨手笨腳的，連鋸子都不會用。」

「我會用鋸子。」不知道醫生夫人在想什麼，她舉起手說道。她身旁的丈夫急忙要她放下手，現場氣氛有些變了調。

村政苦笑著，連忙以手勢安撫大家。

「各位不需要如此自告奮勇，我會指出兇手的。先不說這個，現在我想請各位思考一下，為什麼大木先生寧願冒險也要越過石橋呢？剛好站起來的高瀨先生，您認為呢？」

高瀨像一個突然在教室被問到難題的學生一樣，露出驚慌的表情。不過，他之前也曾經與菜穗子和真琴討論過這個問題。

「應該是他有事得到石橋對面去一趟吧？」高瀨說出與之前相同的答案。

村政一邊說「回答得很好」，一邊環視四周。

「不過，到底是為了什麼事呢？他到底去了哪裡，做了什麼事？於是我們再次仔細檢查了大木先生的遺體，然後發現一條線索。大木先生當時穿著GORE-TEX製運動外套，外套的手肘部位沾有黑色物質。根據檢驗結果，得知那是Carbon，也就是碳。而大木先生的登山鞋上也檢驗出了少量相同物質。但是搜尋了山莊周邊，都沒有找到含有碳的區域，於是我們開始搜尋後山……」

村政朝著高瀨露出微笑。「所以才找到用來燒木炭的小屋，從小屋的狀況來看，明顯看得出來最近有人進去過，而且裡頭的木炭也和檢驗出來的煤炭成分一致。」

「燒木炭的小屋？有這樣的地方嗎？」醫生沒有特別朝著誰發問。

「那是很久以前就有的小屋，現在沒有人在使用，應該也不會有人去才對。」回答他的人是老闆。

「可是，大木先生因為某種理由去了木炭小屋，這麼一來，派對那晚他打算越過石橋，應該也是為了前往小屋，這樣推測應該沒什麼不妥吧。」

「可是，他為什麼要去呢？」

面對醫生的詢問，主廚回答：「至少知道他不是為了去燒木炭。」

「應該是約了人在那裡吧。」與丈夫芝浦時雄一起在角落縮著身子的佐紀子突然提出意見。

看見大家的目光都朝向自己的方向，芝浦用手肘頂了一下妻子。「不要隨便亂猜測啊！現在是很重要的時刻。」

「沒關係，芝浦太太。」村政稍微抬高下巴，看向佐紀子。「我們也想過他是不是約了人，而且還是個祕密約會，他的約會對象應該就是兇手。因為如果用這個手法，兇手就必須事前確定大木先生會在那個時間利用木板越過石橋。那麼，兇手是怎麼知道的呢？我想那是因為兇手與大木先生約好在那個時間見面。」

「等一下。」為了制止警部不停地說話，醫生舉高了手。他一副在思考些什麼的樣子，瞪著天花板，稍微閉起眼睛。「大木曾經去過一次小屋，然後在第二次要前往小屋的途中從石橋墜落身亡。他第二次要前往小屋是為了與人見面，而見面的對象是兇手。這麼說來，他第一次去小屋時，很有可能也和兇手見了面。」

「您說得沒錯。」村政一副正是如此的表情深深點頭。

「不管大木先生的目的是什麼，我們推測出他和兇手曾經在小屋見過幾次面，也推測出只有兇手和大木先生知道能夠利用木板越過石橋。我們根據這些推測展開調查，再加上我剛剛說明的木板選定的調查結果，判斷出現場的人當中，只有一個人可能是兇手。」

村政雙手交叉在背後，挺高胸膛在大家面前開始緩緩走起路來。

他保持了好一會兒沉默，不斷地移動視線以確認每個人的反應。看著村政的人無不緊閉雙唇。

不久後，鞋子聲戛然停止，村政以極其自然的動作指向一個人，這個人正是菜穗子和真琴從剛才就一直注意的人。

「兇手是你吧——江波先生？」

從警部指出手指，到江波做出反應為止，有一段極短的空虛時間流過，這段時間裡所有人的視線都集中在矮刑警與江波的身上，就連主廚也鬆手放開撲克牌。

江波把玩著手中的撲克牌，發出喀啦喀啦的輕快聲響，隨著聲音停止，江波也同時開口：「為什麼會是我呢？」

雖然江波的臉色慘白，但是聲音卻十分沉穩，在菜穗子看來，江波的模樣看來像是在做最後的掙扎。

「為什麼？除了你還會有誰呢？」村政一副他早看慣這種場面，一派輕鬆的表情，又開始緩緩邁起步子。

「我們調查過你在公司裡負責的工作內容了，你的工作是建築材料的研究吧？對於日本住宅經常使用的基本材料——木板，可說是個專家。」

江波一聽，眼角瞬間露出狼狽的模樣。不過，他閉起眼睛掩飾這個微妙反應，然後淡淡地回答：「如果針對這點，我確實是比其他人還要可疑。」他做了一次呼吸，拉高音調說了句：「但是——

「只要是有累積一些經驗的人，相信都能夠從木板的蟲蛀狀態判斷出木板的強度有多強吧。剛剛也提到了，好比說山莊的老闆或是高瀨先生，他們應該都做得到這點。不，因為他們會實際親手使用木板，說不定他們比我這個書呆子專家還要了解木板。」

雖然老闆與高瀨聽到這番話後，都露出兇惡的眼神瞪向江波，但是最後兩人都沒有開口說話。因為兩人在不久前都紛紛自己承認了這個事實。

然而，村政的表情並沒有改變，他的嘴角依舊保持淡淡的微笑。

「這點確實如您所說，那麼我們換個角度想好了。假設木板被掉包了，您認為兇手究竟在什麼時候掉包的呢？」

江波沒有要回答的意思，他露出一副「我怎麼知道」的表情。

村政故意擺出意外的表情。「很明顯地，兇手不是在白天掉包，因為如果太早掉包的話，萬一大木先生去了石橋附近，有可能會被他發現。如果考量到這些因素，能夠把木板掉包的時間就很有限了。也就是說，只能夠在那天派對開始前，或者是派對開始沒多久後掉包。那麼，剛剛被江波先生指名的霧原先生和高瀨先生，他們兩位在派對開始的前後這段時間都非常忙碌，根本沒有時間離開山莊。這麼一來的話，只要用刪去法思考一下，答案自然就會出現。」

「你的意思是這個答案是我嗎？可是，在其他客人當中，說不定有人擁有這方面的知識，只是瞞著沒說出來而已，不是嗎？難道這麼不明確的事情可以當成證據嗎？」

江波的嘴角變得扭曲，彷彿是覺得村政的想法很可笑，可是他把玩撲克牌的手卻在發抖，顯示他的內心愈來愈不安。

「您有去過木炭小屋吧？」

村政提出與先前話題完全不相干的疑問，不僅江波本人嚇一跳，四周的觀眾也露出了超乎預料的表情。

村政在江波面前用雙手撐住桌面，臉慢慢貼近他。「您有去過吧？那間小屋。」

江波從鼻子呼出氣來。「什麼意思啊？突然問這個……」

「我是在說方才也有提到的那間用來燒木炭的小屋啊，您去過吧？」

「我才不知道有那種地方。」

「不知道？這就奇怪了。」

村政指向玄關的方向說：「玄關旁邊的鞋櫃裡有一雙白底紅線條的防滑鞋，是江波先生您的鞋子吧？您腳的尺寸應該是二十五點五吧？」

江波的眼珠不安穩地搖動著。「……怎麼了嗎？」

「沒有，因為那鞋子沾了不少泥土，所以我們取樣做了一下檢驗。」

「這太沒禮貌了吧！隨便拿別人的東西。」

「所有人的鞋子我們都做了檢查，況且，這是調查工作。」彷彿在挑釁江波似的，矮刑警放慢了說話速度。「因為對這次的案件來說，任何小細節都是很重要的線索。我們針對您二十五點五號的鞋子上取樣的泥土做了分析，雖然只發現極少的量，不過我們檢驗出了碳的成分。所以，才想問您究竟是在什麼地方沾到這些東西的？」

江波被村政冷不防地這麼一問，半晌說不出話來，村政也保持著沉默。尷尬的氣氛瀰漫整個交誼廳，直到手錶發出的電子嗶嗶聲打破了寂靜，所有人都朝聲音傳來的方向看去，芝浦慌張地取下手錶把聲音按掉。

江波趁這時候開口：「喔～我想起來了，我有去過一次，原來那就是用來燒木炭的小屋啊！抱歉，我以為那只是個倉庫。」

「您承認自己去過木炭小屋，是嗎？」

「如果我進去的那間倉庫是這樣被稱呼的話。」

「您為什麼要去那裡呢？」

「沒有什麼特別的目的，只是在散步途中發現了那裡，所以好奇地走進去看看，真的。」

「那是什麼時候的事情呢？」

「嗯……我不記得了。」

「您不是在那裡與大木先生見了面嗎？」

「怎麼可能！」江波「啪」的一聲拍打桌面，突如其來的聲響讓周圍幾個人瞬間僵住了身子。「我只是在散步途中覺得好玩，所以走進去看看而已，因為鞋子上的泥土就被當成兇手，這太過分了！」

江波重新坐正身子，彷彿想要藉此扶正變得歪曲的身心似的。

這時，村政在他身邊像在自言自語似的喃喃道：「所以，不是在木炭小屋見面的囉？」

「什麼意思？」江波露出兇惡的表情反問。

「沒有，我在想如果不是在木炭小屋，會是在哪裡見面呢？您是在哪裡與大木先生見面的呢？」村政反過來詢問江波，在旁觀看的人完全不明白村政的用意。

「太可笑了，我沒有和他在任何地方見過面。」

「喔？那這樣，那天晚上兩位為什麼會一起出門呢？」

「我和大木先生一起出門？」

江波動作誇張地聳聳肩，好像村政說的話根本是天方夜譚，然而，在場所有人都聽得出他的聲音在顫抖。

「我是指大木先生死的前一天晚上。」村政看著刻意拿出來的記事本。「兩位在這裡玩遊戲玩到十一點多，然後便各自回房間休息。不過，您和大木先生在半夜裡從山莊偷跑出來。對於這點，我們解讀成兩位是為了在木炭小屋見面。我們猜測因為當時用了木板越過石橋，所以大木先生隔天晚上也做了一樣的動作。可是，現在您表示您不是在木炭小屋與大木先生見面。那麼，您究竟為何要從山莊偷跑出來呢？請您說明一下原因。」

江波驚訝地抬高雙眉，瞪大了眼睛，然後以很不自然的語調說了句「沒那樣的事」。村政稍做了一下深呼吸後，露出犀利的眼神看向江波，彷彿在說他正準備要一舉定勝負似的。

「您的表情好像是在說不可能被人看見啊？但是很遺憾，確實有人看見您和大木先生的身影。那個人還清楚記得是您先從後門進來後，大木先生過了一會兒後也跟著回來。請您說明一下吧，您和大木先生那晚做了些什麼呢？」

一旁的菜穗子吃了一驚，她確實告訴村政那天晚上大木曾經外出的事，也提到當時還有另一個人。但是，當時的那個人是不是江波並不得而知。

這時，真琴在她身旁輕聲說：「他真會虛張聲勢。」

然而，這似乎起了效果，江波臉上瞬間失去血色，變得蒼白。對於為何在半夜裡與大木見面的質問，善於狡辯的江波似乎也一時找不到藉口來解釋。

「請您說明一下。」警部重複了一遍。

江波緊閉雙唇沒有回答，這讓警部的假設變得不再是虛張聲勢，而是順利獲得無言的答案。然而這時，江波突然開口。

「動機是什麼？」

江波變換防禦策略，他似乎察覺對方還握有多少顆棋子在手上，正企圖從中找出縫隙好突破陣線。

「我可以承認那晚我與大木先生見了面，也可以承認見面地點就是木炭小屋。還有，我也可以贊同大木先生在派對途中離開山莊，是打算前往那間小屋的推測。但是，我可不接受因為這些理由，就把我當成兇手，到底我有什麼理由非得殺他不可呢？關於這點，如果沒有一個完整的說明，我什麼都不會說的。」

「那麼，我們再換個話題好了。」

與說話節奏快速的江波相對比，村政的口吻顯得特別慢條斯理，他就像是狡猾的獵人正在處理手中劇烈反抗的獵物。

「派對前一天，也就是您在深夜裡與大木先生見面的那一天傍晚，您在哪裡呢？」

「派對的前一天？」

「也就是三天前。」村政補充說明：「三天前的傍晚。」

村政說話時強調了「傍晚」兩字，這兩個字似乎刺激了江波的記憶，就連距離相當遠的菜穗子也都清楚看見了他的反應。

「那天傍晚……怎麼樣了嗎？」

「請您回答。」村政強調，他的聲音蓋過江波結結巴巴的說話聲。「這算是不在場證明的調查，請您回答。」

「我是在問您那天傍晚發生什麼事了嗎？如果您不說，我就沒有義務回答。」

江波瞪著警部，村政也露出嚴肅的表情反看他，現場陷入了雙方互相較勁的沉默。

「沒辦法了。」村政沉靜地嘆口氣。「我本來以為要讓您心服口服很容易，看來是我太天真了。這麼一來，似乎只能請出有力的救星來幫忙。」

「救星？」發出疑問的是老闆。

幾名客人抬起原本垂著的頭。

村政警部挺起胸膛，直直地看向菜穗子和真琴。

「原菜穗子小姐，麻煩您親口說明吧！」

2

當解開所有謎團時，菜穗子和真琴告訴村政一切都交由他來處理，同時也向他表示兩人不過是證人，並非偵探。村政聽了，便表示他決定今晚在大家面前公開這件事，還強調這種事情愈快處理愈好。

「有件事情想拜託您。」村政難得露出心虛的表情這麼說。

因為從不曾見過村政這種模樣，菜穗子和真琴感到很詫異。

村政有些躊躇不決地說：「有關您為了原公一先生的事件做了調查，以及所得到的結果，或許有可能會請您親口說明。這不是為了什麼演出效果，只是我認為能夠增加緊張感，對兇手會造成比較大的打擊。」

「呃，可是，這麼重要的事情……」

「就是因為是重要的事情，所以才要交由您來做，而且……」警部說到這裡，停頓了一下，他瞇起眼睛露出有些狡猾的表情。「就算由您來說，我的功勞也不會因此減少。」

「可是……」

「拜託您！」

看著村政低下頭，菜穗子只好答應了。從答應村政的那一刻開始，菜穗子就一直因為緊張而身體不住顫抖。

真琴在她耳邊輕聲安撫：「就乘這機會讓江波悼念公一，不是很好的事嗎？」真琴的這句話讓菜穗子感覺精神好了許多。

悼念……

即便是現在，這個字眼仍然在菜穗子心中留著熱度，而即將進入高潮的緊張感也包圍了菜穗子全身。

在所有人的注目下，菜穗子緩緩站起身子。她感覺得到緊張的氣氛在交誼廳裡逐漸擴散開來，這種氣氛確實能夠讓兇手產生相當大的壓力，菜穗子想。當然這對她來說，同樣也是沉重的壓力。

「在座的人當中，應該有很多人知道我哥哥當初在研究這座山莊流傳下來的鵝媽媽童謠。哥哥為什麼會如此執著於『幸福的咒語』？這勾起了我們的好奇。詢問過很多人的意見後，我們發現或許這和一位名為川崎一夫的人在兩年前死亡的事件有關。」

菜穗子簡略敘述了真琴從主廚那裡聽來有關川崎一夫的各種傳言，對於菜穗子的每一句話，客人們或多或少都有一些反應。尤其是聽到川崎把價值幾千萬的珠寶帶到山莊，如今珠寶仍下落不明時，很多人不禁叫出聲音來。菜穗子趁著說話的空檔看向老闆，她看見老闆雙手交叉在胸前，一臉嚴肅地看向半空中。

「我哥哥推理出川崎先生把帶來的珠寶埋在咒語所指的地方。所以他才會熱中於解開咒語。為了找出哥哥死亡的祕密，我們認為唯一的辦法就是像哥哥一樣把咒語解開。」

「結果……解開了嗎？」醫生探出上半身詢問。

菜穗子露出十分認真的表情看向醫生，然後堅定地宣告：「解開了！」

客人們再度一陣喧譁。不過，為了聆聽菜穗子接下來的話，所有人馬上又閉上嘴巴專注地看著菜穗子。

「這個暗號非常困難，我們之所以能夠解開暗號，全是因為循著哥哥的腳步走。在這裡我就不多做詳細的說明，只要依照順序一一解讀各房間壁飾上的童謠，能夠得到一句話——當夕陽出現時，倫敦鐵橋就會搭上——另外，還有一個有關倫敦鐵橋的傳說，據說橋底下埋了很多很多東西。根據這些研究結果，我們認為當夕陽出現時，後面的石橋影子就會連接在一起，所以只要挖開影子連接的位置就對了。」

一聲口哨聲傳來，菜穗子發現是上條吹的口哨。

他擺出滑稽的表情，稍微舉高右手。「真沒想到會有這樣的隱藏句出現，我從好幾年前就開始研究，頭都快想破了也想不出來。那麼，妳們挖了那個地方了嗎？」

「挖了。」

「有找到珠寶嗎？」是中村開口發問，他的眼神變得不一樣了。

菜穗子可以感覺到大家好奇地望著她，她卻用更冷靜的口吻說：「沒找到。」

大家臉上的好奇表情有如浪潮退去般迅速消失，取而代之的是失望的表情。

「沒有？」醫生說。

「是的。」菜穗子明確地回答：「我們有挖到木箱，可是裡面是空的。」

上條哈哈大笑了起來。「意思是說有人捷足先登了！」

「應該是這樣沒錯。」

「問題是這個人是誰呢？」村政警部接著開口，所有人的視線再度回到矮刑警身上。「有人比原小姐她們更早挖出幾千萬的珠寶，這個人是誰呢？我想這件事與這次的事件有所關聯應該是很合理的推測，所以我才會那樣問您，江波先生，三天前的傍晚，您在哪裡呢？」

村政的視線移向江波，江波先前一直咬著嘴唇聆聽菜穗子說話。

「意思是說挖出什麼珠寶的人是我囉？」江波瞪大眼睛，露出驚訝的表情，一副遭到嚴重誣賴的模樣。

警部並不理會他的問題，再次詢問：「您在哪裡呢？」

「我在散步啊，刑警先生。」江波回答。他冷漠地繼續說：「但是，我沒辦法證明我在散步。不過，如果這麼說的話，在這裡的人當中，究竟有幾個人有辦法證明三天前的傍晚自己在哪裡呢？」

村政沒有因此動搖，一副他早就預料到江波會如此反駁的樣子。

「您無法證明三天前的傍晚自己在哪裡確實沒有什麼好奇怪的，這種事情經常會發生，只讓您受到特別的待遇，也太不合理了。不過，萬一只有您一個人無法證明的話呢？這樣的話，認為是您挖出珠寶的想法應該就沒有什麼不妥了吧？」

江波難以置信地瞪大了眼睛，他的反應愈明顯，村政的口吻就變得愈沉穩。

「您會覺得驚訝也是難免的事，不過這是事實，為了讓您接受事實，我就一一做個說明吧！」

村政指向交誼廳最裡面的方向，中村與古川並肩坐在那裡。

「因為中村先生與古川先生是在兩天前來到這座山莊，所以他們兩位沒有嫌疑，芝浦先生與他太太同樣也是。關於這點，我想江波先生應該不會有異議吧？至於其他人嘛，首先，上條先生與益田先生在用晚餐前，一定會在這張桌子下西洋棋是大家都知道的事。因此，這兩位也與此事無關。」

被警部認定有不在場證明的上條，露出讓菜穗子聯想到鋼琴鍵盤的牙齒笑說：「我陪醫生下西洋棋，第一次遇到好事。」

醫生回答說：「知道感謝了吧！」

「不過，益田夫人在哪裡就不清楚了……」

聽到警部這麼說，醫生夫人發出尖細刺耳的聲音回答：「我在房間裡畫圖，是真的！」

警部做出手勢安撫夫人。「就算夫人無法證明自己在哪裡，也看得出以夫人的身材要進行挖掘工作恐怕有困難，所以也沒有嫌疑。」

雖然夫人顯得不是很中意這個說法，但畢竟現在的狀況不比平常，所以也就沒再多說什麼。

「接下來是山莊的員工們，我聽說到了傍晚大家都忙於準備晚餐，沒有人有機會離開。我想，事實上確實如此吧。雖然我在這裡叨擾的時間並不長，但是足以讓我深刻體會到員工們的辛勞。這麼一來的話，江波先生，應該就只剩下您而已吧。」

江波先生是用手掌擦去浮在臉上的油汗，然後用舌頭舔了好幾次嘴唇。這說明他正陷入極度緊張的狀態。然而，他還是不肯讓步。

「三天前的傍晚，或許我確實沒有不在場證明。可是，怎麼有辦法斷定珠寶是在那天被挖出來的呢？有可能是昨天，也有可能是前天，或者是兩天前啊！不，說不定是在比三天前更早的時間被挖出來的，不是嗎？」

「江波先生，我們會斷定三天前當然是有根據的。原菜穗子小姐她們是剛剛才挖出空的木箱，這兩、三天都是陰天，根本看不到夕陽，最近天空被夕陽染紅的時間就是在三天前。

如果是這樣的話，想必您會反駁說那應該是更早以前吧。可是，三天前的前一天下了場大雪，這一帶積了很厚的雪，但挖掘現場附近卻沒看到積雪。也就是說，珠寶被挖掘出來的日子除了三天前的傍晚之外，沒有其他可能性了。」

這部分是村政警部所做的推理，村政在菜穗子和真琴挖出木箱後立刻出現，他光是靠著有人先挖走珠寶的線索，再瞥了現場狀況一眼就做出了這樣的推理。

就連真琴也不禁對菜穗子耳語：「看來不是只會吃人民稅金的米蟲。」

然而，江波還是不肯屈服。

「很了不起的推理，不過您不覺得漏掉了一點嗎？我是沒有不在場證明沒錯，但是，應該還有一個人也沒有不在場證明吧？那就是大木先生啊！您該不會說死去的人可以免除嫌疑吧？」

菜穗子和真琴互看了一眼，因為江波提出了預料之中的反駁，他將一步步掉入設下的圈套中。

「您的說法正如我們預期呢，江波先生。」村政說出了兩人內心的想法。「正如您所說，我們確實不知道大木先生那天的行蹤。事到如今，也無法向本人做確認了。不過，那天大木先生回到山莊後，立刻到了交誼廳，很多人都記得他當時穿著長褲搭配毛衣的輕便服裝，怎麼想都不可能是剛做完挖掘工作的打扮。反觀您卻是回到山莊後，便立刻洗了澡。我們認為您是為了洗掉挖掘工作而沾滿全身的泥濘，是這樣子的嗎？」

江波沉默不語。

村政繼續說：「不過，在這裡我們想起了一段對話，那就是用完晚餐後，大木先生在玩梭哈時所說的話。這件事是益田夫人告訴我的，夫人說他當時是這麼說：『今天傍晚看到了很有趣的景象，看到烏鴉啄著同伴的屍骸。』雖然這件事當時好像被當成是噁心的話題，沒有繼續多聊，但是仔細一想，發現這附近根本不會有烏鴉飛來啊。那大木先生當時究竟是想說什麼呢？根據我的推測，大木先生應該是看見您挖出珠寶，所以故意在挖苦您吧？」

「所以我就殺了他，是嗎？」江波重重拍了一下桌面。

「不，不是因為被看見而殺了他，大木先生向您要求遮口費才是殺人的動機吧。兩位半夜裡會在木炭小屋見面，是為了遮口費的事情。然後，大木先生在隔天的派對途中前去小屋，是因為您約好要給他遮口費，對吧？」村政一鼓作氣地切入話題的核心。

江波站起身子，說了句「開什麼玩笑」。

「你這簡直是在看圖說話嘛！刑警先生，你到底有什麼證據可以證明呢？況且，我是在四天前才來到這裡的。照你所說，我是在來到這裡的隔一天就挖出珠寶？雖然我不是很清楚暗號這種東西，但是那個暗號有可能在這麼短的時間內解開來嗎？」

「不可能。」說話的人是菜穗子。

江波的臉像是看到什麼可怕的東西，瞬間變得扭曲。

「暗號不是那麼容易就能夠解開的，所以不是你解開的，解開暗號的人是我哥哥，你為了得到暗號的謎底，就殺了我哥哥！」

3

江波沉默了一會兒，大聲怒罵說：「開什麼玩笑！我怎麼有辦法殺死妳哥哥？」

「有辦法，不，就只有你做得到！」

「很有趣嘛！妳倒是說說看我是怎麼殺死妳哥哥的？想必妳也可以解開密室謎團吧？」

「可以。」菜穗子直視著江波。

菜穗子先環視了交誼廳一圈，對著從剛剛就一直保持沉默地看著事態演變的高瀨說：

「最先去我哥哥房間的人是江波先生和高瀨先生，沒錯吧？」

面對突如其來的質問，高瀨雖然有點困惑，但還是點點頭做出回應。

「當時寢室的房門以及窗戶都被鎖上了，沒錯吧？」

「沒錯。」

江波冷淡地說：「所以我才說在那之後是不可能進入寢室的。」

菜穗子無視於江波的發言，繼續說：「在那之後過了三十分鐘左右，又去找了哥哥一趟，結果發現出入口的房門也被鎖上了，沒錯吧？」

「是的。」高瀨壓低下巴說。

「那時窗戶有被鎖上了嗎？」

「咦？」高瀨嘴巴微張，一副無法理解菜穗子的問題的模樣。

江波從旁插嘴：「當然是鎖上了啊，妳到底在說什麼？」

「不是在問你！」真琴嚴厲地指責江波。

江波嚇了一跳，臉部肌肉變得僵硬。

「有鎖上了嗎？」菜穗子再次詢問。

高瀨的視線在空中遊走，過了不久後，他回答：「那時並沒有確認窗戶的鎖。」

「可是，窗戶的鎖應該有鎖上才對啊！」醫生一副無法理解的表情。「不是嗎？因為當時並無法進入寢室，所以只能從寢室內打開的窗鎖不可能是打開的。」

「不過，有可能是公一先生自己打開的啊。」語氣有禮地提出意見的人是芝浦，他的妻子佐紀子也在一旁點頭贊同。

「原來如此，也就是說，那時原公一先生還沒死。」

醫生看來接受了芝浦的說法，但是菜穗子立刻予以反駁。

「不，我哥哥那時早就死了。」

「高瀨先生第一次敲寢室房門時，我哥哥就已經死了。我哥哥不是睡覺會睡得很沉的人，如果有人敲門，他不可能沒有醒過來。」

「這樣的話，窗鎖就不可能被打開。」醫生說。

然而，菜穗子說了句「這點我們等會兒再討論」制止醫生的質疑，再次看向高瀨。

「你在那之後再次前往我哥哥的房間時，用備份鑰匙打開出入口的門鎖，然後同樣地再打開寢室的門鎖，沒錯吧？」

「沒錯。」

「那時窗鎖有被鎖上了嗎？」

「有。」

「謝謝你。」菜穗子輕輕低下頭向高瀨致謝，然後轉向江波。「高瀨先生第二次前往我哥哥的房間時，窗戶並沒有被鎖上。在高瀨先生第三次前往房間之前，你先從後門出去，再從窗戶爬進寢室，把窗戶鎖上後，通過寢室進到客廳。當然了，你在這時也鎖上了寢室的門鎖。然後，等到高瀨先生進到房間之前，你就躲在客廳角落的長椅後面。等到高瀨先生踏進寢室後，你就乘機逃出房間。」

「可是，窗鎖……」醫生歪頭看著菜穗子。

「窗鎖只能夠從室內打開是個不爭的事實，而江波先生當時是在房間外面。這麼一來的話，答案只有一個。當高瀨先生和江波先生敲寢室的房門時，寢室裡面有人──我哥哥以外的人。」

客人們之間開始出現明顯的騷動，所有人都把視線移向其他人，而當自己的視線與他人的視線對上時，又急忙垂下頭。

「沒錯，這次的事件有共犯存在，如果沒有發現到這點，事件就無法完全解決。」

菜穗子緩緩向前走去。

所有人都把灼熱的視線投向菜穗子，菜穗子一邊承受著灼熱的視線，一邊顫抖地邁開步伐前進。

「共犯是你！」

菜穗子強忍住腿軟的緊張感，用手指向一人。

被指的那人沒有改變表情，一副沒察覺到自己被指的模樣。但是，過了不久後，他緩緩抬頭看向菜穗子。

菜穗子重複了一遍。

「共犯是妳，核桃小姐！」

4

核桃露出了空虛的眼神，一副正在夢中神遊的模樣，她的臉上沒有任何表情，彷彿根本沒聽到菜穗子說的話。

「讓我從頭開始說明。」菜穗子從核桃身上別開視線，抬起頭對著其他客人說。

「我哥哥解開了暗號，江波先生與核桃小姐知道這件事情後，為了得到暗號解答，並把珠寶占為己有，所以毒殺了我哥哥。可是，如果毒殺我哥哥後，就這麼放置不理的話，會招來警察的懷疑。於是核桃小姐暫時先留在寢室，鎖上窗戶和房門後，江波先生便邀約高瀨先生一同去找我哥哥。

「江波先生會邀約高瀨先生當然是為了確保第三者的證詞，因為敲了門也得不到回應，所以就繞到窗戶去看，其實這個舉動有些奇怪，但是卻藉此加深了『寢室是完全密室』的印象。之後核桃小姐從寢室房門走出客廳，並鎖上出入口的房門，然後從窗戶逃出房間。

「江波先生確認核桃小姐回到交誼廳後，便指示高瀨先生再次去找我哥哥。也就是說，這是為了讓高瀨先生記憶住這時的出入口是被鎖上的。然後，終於到了第三次。就如我剛剛所說，江波先生是從沒被鎖上的窗戶闖進寢室，在鎖上窗戶和寢室的房門後，躲在客廳的長椅後面。正好在這個時候，核桃小姐向高瀨先生說：『原先生會這樣太不對勁了，是不是應該用備份鑰匙進去看看比較好呢？』」

菜穗子看見有幾個人「啊」的一聲張開嘴巴，因為每個人都記得核桃曾經說過這樣的話。

「到了房間時，是高瀨先生先進了房間，然後也進了寢室。江波先生是趁著這個時候從椅子後面出現，因為出入口有核桃小姐守著，所以不怕被人瞧見。江波先生就這樣等高瀨先生發現我哥哥的屍體並走出寢室時，再表現出一副自己現在剛到的模樣。你記得嗎？高瀨先生，當你走出寢室時，最先看見了誰呢？」

密室佈局

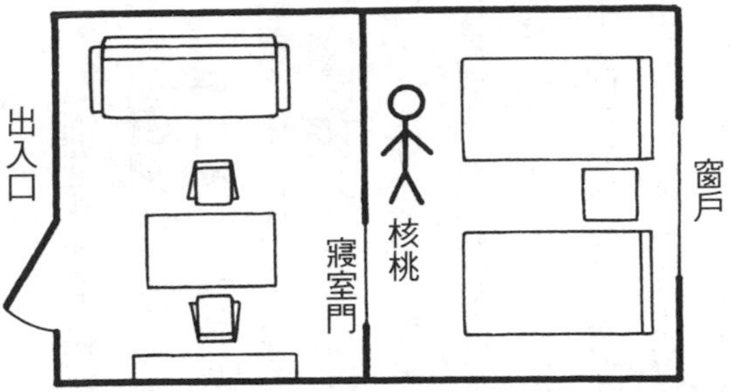

1.八點左右，高瀨與江波去敲寢室門。寢室門和窗戶都被鎖上（此時核桃躲在寢室內）。

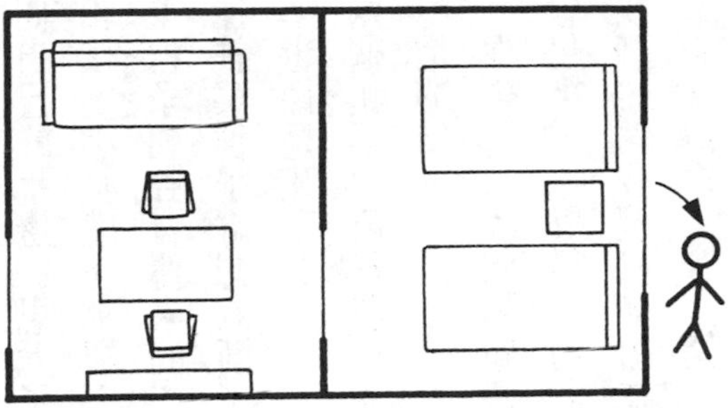

2.核桃從室內鎖上出入口的房門後，從窗戶逃出房間。（窗戶沒有上鎖）。因此，當高瀨在八點半左右前來時，出入口的房門是被鎖上的。

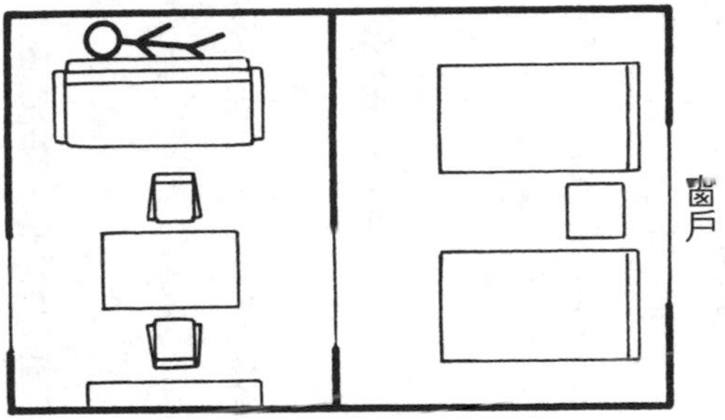

3.江波從窗戶進入，鎖上窗戶、寢室門後，躲在客廳的長椅後面。

4.九點半，趁著高瀨走進寢室察看時，江波再從長椅後面出現，假裝剛來到房間裡。

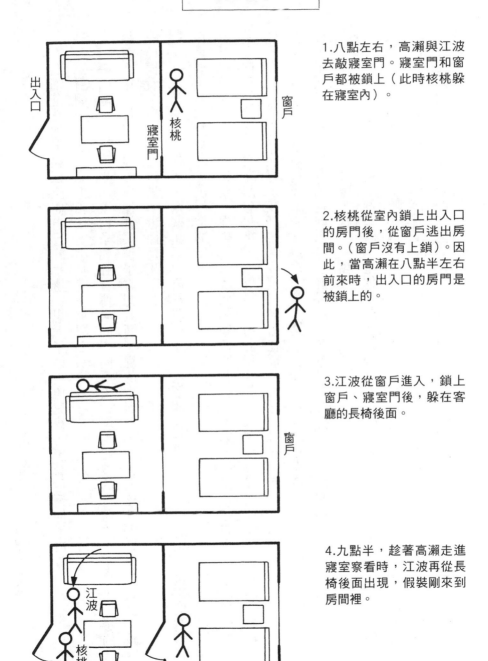

高瀨茫然地把視線拉向自己的手邊，思考了好一會兒後，驚訝地倒抽了口氣。

「對啊……江波先生和核桃小姐就在那裡……」

「喀噠」一聲傳來。菜穗子朝聲音傳來的方向看去，發現江波的身體癱了下來，一邊的膝蓋跪在地板上，他的模樣讓菜穗子聯想到斷了線的木偶。另一方的核桃則是面無表情，她的模樣看來像是茫然自失，也像是死了心。

「江波先生，你犯了兩個錯誤，所以我們才能夠解開密室謎團。」一直保持沉默的真琴像是要再次確認似的，沉穩地開口。

「首先，第一個錯誤，你告訴了我們那間密室有些不對勁，提出應該有方法可以從外面鎖上窗戶的質疑。現在回想起來，才覺得你的質疑其實是為了誤導我們往完全錯誤的方向推理。你的質疑確實誤導了我們，讓我們只知道往機關設計的方向思考。不過，你的質疑反成了你的致命傷。根據種種線索發現你最可疑時，我們不禁懷疑起為什麼你會提出那樣的質疑，這個疑問讓我們開始逆向思考，發現或許根本沒必要拘泥於窗戶的鎖。」

為了確認對方的反應，真琴停頓了一下，然而，江波仍沉默不語。

真琴繼續說：「第二個錯誤，是你告訴我們公一先生死去當晚，你玩了西洋雙陸棋。那天晚上你沒辦法一直玩梭哈，因為如果參加了多人梭哈，就無法在中途脫身。也就是說，當時你有必要適時地從遊戲脫身。不過，這話說來也奇怪。想叫醒公一先生、也想玩梭哈的你，竟然會在中途改玩起西洋雙陸棋。而且，西洋雙陸棋的對手還是核桃小姐。」

真琴說的話似乎給了江波非常大的衝擊，他雙膝跪地，無力地垂下肩膀。

「對不起，江波先生。」

這時，核桃第一次開口說話，她的口吻聽來像是發著燒、很虛弱的感覺，而她站起身子走近江波的步伐也像個病人一樣教人擔心。核桃一走到江波身邊，便像身體癱軟了似的蹲下來抱住江波的肩膀。

「她沒有罪。」含糊的虛弱聲音傳了過來，江波瘦弱的背影晃動著。「她只是照我的話去做而已，一切都是我計畫的。」

「江波先生……」核桃的背部也微微顫抖著。

大部分的人都不忍心地從兩人身上別開視線。

「可以了吧？村政警部。」醫生的臉因為痛苦而變得扭曲，他看向警部。「事件似乎也解決了，應該沒我們的事了吧？如果可以的話，我想回房間去了。」

菜穗子感覺到醫生似乎不希望看見多年來同樣身為常客的同伴如此難堪可悲的模樣，暴露在眾人面前。對於這兩人是兇手的事實，就連自己的哥哥被殺害的菜穗子也都感到悲傷。

村政用右手抹了抹他皺起眉頭的臉，一邊點頭，一邊環視所有人。

「說得也是，總之，結局就如各位眼前所見，非常感謝大家的合作。那麼，就請各位回房間吧。」

有幾個人一副總算結束了的模樣，如釋重負地起身。醫生夫婦、芝浦夫婦，和中村、古川二人組依序離去，主廚也回到廚房。

「那麼，」村政把手放在江波的肩膀上。「請您告訴我們細節吧，請到我們的房間來一趟。」

「那個……那我呢？」

核桃仰頭看向警部，她的眼睛佈滿了血絲，但是臉頰上卻沒有淚痕。

「我們也會請您說明細節，不過是在問完江波先生之後。」

核桃聞言，像在說「麻煩您了」的模樣，安靜地垂下頭。

就在警部帶著江波準備走向走廊時，客人當中唯一留下來的上條突然說了句：「請等一下。」

刑警與嫌犯都露出了意外的表情回頭。

「我想問江波先生一件事情，方便嗎？」上條對村政說。

村政瞥了江波一眼後，對著上條點點頭。「請。」

上條嚥了嚥口水。「我想問的不是什麼其他的事，只是想問你怎麼知道珠寶的事？還有怎麼知道珠寶就埋在鵝媽媽童謠中暗號所指的地方呢？」

江波花了幾秒鐘思考了上條的問題，然後回答：「珠寶是她……是核桃小姐告訴我的，而珠寶就埋在暗號所指的地方，是原公一先生告訴我的。」

「是原公一先生直接告訴你的嗎？」

「是的……不是……」江波略顯呆滯的眼神移向了核桃。

核桃開口說：「是我問原公一先生的，因為他對暗號實在太感興趣了。」

「原來如此。」

「問完了嗎？」警部說。

「不好意思，打擾您工作了。」上條做出雙手合掌的手勢。

剩下五個人留在交誼廳，這邊的桌子坐著整個身體就快癱軟下來的核桃，菜穗子與真琴並肩坐在她對面，三人中間擺著西洋棋盤，一邊的棋子處於叫將的狀態。

高瀨與上條在吧台那邊，因為上條說想要喝威士忌，所以高瀨一邊為他調酒，一邊陪他。老闆的身影不知何時已經消失了。

「我們在東京經常見面，我想可以算是男女朋友的關係了。」

核桃的聲音緩緩傳來，打破了如劃過水面般的寂靜。

「我們甚至約好了將來要在一起，可是，目前我們擁有的東西實在太少了，根本無法抓住美好的將來。我沒有學歷，也沒有親人可依靠，只能夠不斷換酒家上班。而他也只不過是個公司隨時可能倒閉的基層員工。我們需要一個轉機能夠逃脫這種沒有希望的日子，這個時候正好遇上了原公一先生。當然了，殺人這種可怕的事情，一開始我們根本連想都不敢想。我們原本是打算在原先生挖出珠寶的時候，想辦法搶走珠寶，因為那天晚上原先生說他隔天要去挖掘，所以得早點睡。結果沒想到江波他竟然做了那樣的事……那天晚上他看見原先生拿著可樂回到房間去，所以在那之後也去了房間，然後一邊和原先生聊天，一邊找機會下毒，而最後我也幫了他的忙……」

聽到真琴的詢問，核桃微微點了點頭。

「那麼，妳是在江波殺了人之後才被告知的嗎？」

「可是，我沒有勸他去自首，所以當時我就算是共犯了，再加上我還幫忙布置了密室……在那之後的事情應該不用說明了吧？一切都跟刑警先生說的一樣。原公一先生留下來的暗號解答讓我們發現珠寶的埋藏位置。可是，我們擔心立刻挖出珠寶會讓人起疑，所以忍住等了一年。之所以會等一年，是因為我們認為如果季節不同的話，夕陽的角度會不一致。」

「因為川崎埋珠寶的時間也正好是現在這個季節。」

聽到真琴這麼說，核桃點點頭。

「殺了大木先生的理由也跟村政警部說的一樣嗎？」

核桃回答了句「是的」，她的聲音顯得有些沙啞。

「雖然大木先生並不知道我也是同夥，不過他威脅江波先生是個事實。而且，就跟刑警先生說的一樣，他提出遮口費的要求。我們決定接受他的要求，所以也問他要多少錢，結果大木先生說要等他看到東西後，再決定金額。」

「妳們是在派對的前晚把東西拿給大木先生看的吧？」菜穗子記起那天深夜的冰冷空氣。

「因為挖出珠寶後，我們把珠寶藏在那間用來燒木炭的小屋，所以就約在那裡看東西。聽說大木先生看了後，連眼神都變了。後來，他要求要分贓，遠遠超過我們的預期——他要求我們分一半給他。」

菜穗子的腦海裡浮現大木那精打細算的面孔。她心想乍看下看似聰明的大木，果然是個冷靜徹底又貪婪的男人。

「可是，我說就算了，就接受大木先生的要求，因為拿到幾千萬的一半已經足夠了。但是，他……江波先生卻突然說大木先生不太可能就這麼放手。不小心點的話，他說不定會一輩子纏著我們……」

「如果是那個人的話，應該有這種可能性。」真琴會這麼說，主要是考量到大木的個性，才會這樣推測。

「所以，事情就演變成那樣……我說過絕對不要再殺人了，卻怎麼也沒料到竟然會設下那樣的陷阱。」

核桃話一說到這裡，便像是用盡了所有精力似的把臉埋進她抵著桌面的雙手之中。搽了指甲油的指甲陷進了另一隻手臂的肉裡。

菜穗子與真琴互看了一眼後，像是要吐出沉澱在心底的渣滓似的嘆了口氣。雖說事件已經解決了，但是菜穗子卻是怎麼也開朗不起來，反而更加憂鬱。

「我們也回房間去吧。」

「嗯……」菜穗子贊同真琴的提議，從椅子上站起來。

她不禁自問，我得到了什麼嗎？答案似乎是什麼也沒有得到，只是失去更多而已。當然，菜穗子是做好了心理準備，才會來到這裡的，可是……

兩人把椅子收入桌底下，從核桃身邊離開，然而這時，聲音從意外的地方傳了過來。

「請等一下。」

說話的人是一直沉默地聽著菜穗子她們在交談的上條，他轉動圓椅子，面向菜穗子她們。

「核桃小姐，妳應該告白的只有這些嗎？不是應該還有一件藏在妳的心底、罪過更深的事情？」

上條銳利的話語，讓把臉埋進雙手之中的核桃顫抖了一下，他一手拿著威士忌酒杯，另一隻手直直地指向核桃：

「我是說川崎一夫的死啊，是妳殺的吧？」

5

上條拿著酒杯緩慢地走近核桃坐著的桌子，或許是察覺到他的鞋子聲響，核桃抬起頭來。

「剛剛聽妳的說法，好像所有的一切都是由江波計畫執行，而妳只是在一旁害怕地看著而已。可是，這一連串的事件起因不就在於妳殺了川崎嗎？」

「我沒有殺他！」核桃瞪大眼睛，猛烈地搖頭。

「妳裝蒜也沒用！」

上條拉出先前菜穗子坐的椅子，把身體拋到椅子上，木頭發出嘎吱作響的聲音。

「照剛剛江波所說，你們之所以會知道珠寶就藏在暗號所指的地方，是從原公一先生那裡聽來的，沒錯吧？」

核桃沒有回答，上條似乎把核桃的反應解讀成默認。

「可是，這是絕對不可能的事，因為原公一先生他完全不知道有珠寶這件事。」

「咦？」發出聲音的人是菜穗子。

公一不知道有珠寶這件事？這不可能啊！話說回來，說出公一好像在找珠寶的人不就是上條嗎？

上條似乎是察覺到了菜穗子的詫異，他連忙說「很抱歉對妳說了謊」表示歉意。

「其實是我請原先生來到這座山莊的，目的是為了請他解開暗號，因為才疏學淺的我是不可能解開暗號的。」

「上條先生，你究竟是……？」

聽到真琴的詢問，上條難為情地輕輕咳了一下，說：「我是受雇於川崎家前來調查川崎的死因以及珠寶的下落。關於川崎的死，一直都沒有找到任何線索。不過卻從某人口中得知，珠寶就藏在暗號所指的地方，於是就在去年和原公一先生一起來到這裡。」

「所以哥哥才會來這裡……」菜穗子說到一半就停了下來。

「我和公一先生是在旅行途中認識的，結果卻害他被捲入事件，成了受害人，真不知道應該如何向妳道歉。」

上條朝她深深一鞠躬，然而，當他一抬頭，便直直正視著核桃，眼神流露出有別於在菜穗子和真琴面前的犀利。

「雖然我拜託公一先生解開暗號，但是我沒有告訴他暗號所指的地方埋了什麼。因為公一先生也說，他只對暗號有興趣，並不在乎裡面埋了什麼。因此，妳說是公一先生告訴妳的，這是個完全矛盾的供詞。」

因為菜穗子和真琴站在核桃背後，所以看不到核桃是以什麼樣的表情面對著上條的推理，但是不久後，核桃說話的聲音便完全能讓人想像她現在的表情。

她的聲音絲毫不帶情感，冷冷地回答：「公一先生不是告訴我有珠寶埋在那裡，他是告訴我說暗號所指的地方好像埋有東西，所以我才自己推測一定是珠寶，因為在那之前我就知道有珠寶的事了。」

「喔？那，妳是怎麼知道有珠寶的事呢？就我的調查所知，這裡就只有主廚知道有珠寶的事。他是去參加葬禮時聽到這樣的傳言，其實那時我和他見了面。我拜託他絕對不要告訴別人有珠寶的事。他只有把珠寶的事告訴了菜穗子小姐與真琴小姐，這是他第一次也是最後一次說出來。」

「可是，主廚說他也告訴了公一先生……」

聽到真琴這麼說，上條露出一切都在他的掌握之中的表情。

「是我事先拜託主廚那樣跟妳們說的，因為我想這樣能夠讓妳們推理得更順利。」

原來如此，菜穗子現在總算搞清楚了，因為她一直覺得來到這裡後，一切的解謎進行得太順利，原來這一切都是因為有上條在背後幫忙。

上條再次露出犀利的眼神注視著核桃。「請妳回答，妳是怎麼知道有珠寶的事呢？」

核桃挺直背脊，直視著上條，和先前的柔弱模樣完全不同。

「我也聽說了。」核桃的聲音相當沉穩，菜穗子不知怎地，被那聲音嚇了一跳。「我也去了川崎先生的店，聽說了他好像從店裡帶走幾千萬珠寶的傳言。」

上條的嘴角變得扭曲。「妳這種話能相信嗎？」

核桃一副信不信由你的模樣別過臉去，但是，上條卻在下一個瞬間笑了出來。

「妳上當了，核桃小姐。不對，應該說妳在兩年前就上當了。」

核桃驚訝地看向上條，菜穗子與真琴也是同樣地訝異。

上條一副勝利的姿態，挺起胸膛說：「川崎從店裡帶走珠寶是事實，那些珠寶也確實有幾千萬的價值。不過，這必須有一個條件，那就是──那些必須是真的珠寶。」

菜穗子分不清楚是誰發出了「啊」的聲音，或許是自己也說不定。因為菜穗子的驚訝強烈到一時之間無法反應，她相信另外兩人應該也和她一樣。核桃的身體變得僵硬，動也不動。

「妳好像很驚訝啊？」上條的表情像是在享受核桃的反應。「被帶走的珠寶全都是假的，都是一些上了色的翡翠和人造寶石，就算賣掉也只不過能換一些零用錢來花花。所有與川崎有關的人都知道這件事，主廚也知道，警方也一樣，所以才一直沒有造成大騷動。因此，根本沒道理會傳出幾千萬的珠寶被帶走的傳言，這也就代表妳在說謊。」

核桃仍然僵著身體，她似乎是明白這次再怎麼狡辯也沒用，所以不發一語。

上條像是要給核桃致命一擊，繼續說：「妳懂了嗎？不管是妳還是江波先生，都為了不值一文的珠寶反覆在犯罪，想必你們是豁出去在做這些事吧？不過你們得到的代價，不過是上色的彈珠罷了。這一切的一切，都是因為妳殺了川崎所造成的悲劇！」

核桃像個夢遊症患者似的站起身子，輕聲地說：「我沒有殺他。」

「妳說謊也沒用，妳知道他身上有珠寶，所以殺了他打算搶走珠寶，可是卻怎麼找也找不到，這時妳想起他曾經帶鏟子出門過——沒錯吧？」

「沒有殺他……」

「妳說謊！」

「沒有殺……」

核桃彷彿一個壞掉的發條娃娃壞掉，靜止不動，然後像是齒輪脫軌似的，用極不自然的動作轉身，面向菜穗子和真琴。從她那空洞的眼神中，明顯看得出她的視線不在菜穗子和真琴的身上。她半張開著嘴，不發一語。

菜穗子感覺得到核桃的內心開始逐漸崩壞、剝落，或許用逐漸融化來形容比崩壞更貼切。緊接著，核桃端正的面具突然變得扭曲，她的內心彷彿已經完全被掏空。菜穗子的腦海裡一時浮現了蒙克所畫的「吶喊」那幅圖畫。

下一個瞬間，核桃尖聲大叫，一瞬間甚至無法意會到那是由人類發出的聲音。

面對這個突發狀況，菜穗子、真琴和上條全都愣在原地，沒過多久，原本回到各自房間的客人也紛紛來交誼廳察看。

6

隔天早晨，芝浦夫婦與中村、古川二人組離開了山莊，菜穗子與真琴來到玄關送行。

「那麼，我們先告辭了。」

芝浦兩手拿著行李，向菜穗子和真琴垂下頭。菜穗子把頭垂得更低地回應他。

「因為我們的緣故，破壞了大家旅行的興致……真的很抱歉！」

「別這麼說，我們有了難忘的經驗，這種事情一輩子都不會再遇到了吧！不過，這種事情當然不要經常發生才好。」芝浦表情認真地說，佐紀子也在一旁微笑著。

兩人目送廂型車遠去，回到了交誼廳。一大早，交誼廳裡的醫生與上條已開始交戰。上條一副早已忘了昨天發生什麼事的模樣，表情悠哉地看著棋盤。不過，能看見來到這裡後就經常目睹的光景，菜穗子不禁感到安心。

「知道你的真實身分後，我鬆了口氣。」醫生說。

上條挑起眉毛，說：「為什麼呢？」

「一起下了二十盤西洋棋，還不知道對手是誰，這太說不過去了吧。而且，我會一直輸給你，我想原因就在於你這種讓人可怕的地方。」

「可是，上條先生也不清楚你的事情啊，他只知道你是個醫生而已。」夫人插嘴。

「不對，我很清楚兩位的事情。」

「喔？你知道什麼？」

「很多事情啊。比方說您和您女兒、女婿兩夫妻吵架，所以沒有住在一起，或者是現在正是醫院忙碌的時期，所以您故意來這裡長期旅行等等的。」

醫生手中的棋子掉了下來。

「你真是可怕的男人……」

「因為這是我的工作啊。」

「長達三年的工作總算完成了，想必你的心情一定很好吧？帶著珠寶店老闆的真正死因和人造珠寶回去交差，可以拿到多少酬勞啊？」

「足夠我休息好一陣子的酬勞。」

「哼，只要騙人就有錢拿，這生意還真好做。」

「您如果有需要，請隨時吩咐。」

上條說罷，隨即叫了將。

村政警部在中午前來到了山莊。村政與菜穗子、真琴兩人在交誼廳角落的桌子面對面而坐，他們第一次見面時也是坐在同一張桌子。

「兩人幾乎都全招了。」雖然村政的眼角流露出疲憊，但是精神看起來還不錯。「有關殺害原公一先生的陰謀，聽得出來他們計畫了很久。比方說，江波走過雪地再進到房間時的鞋子處理，因為他總不能穿著濕鞋子進房間。他先穿了室內用的拖鞋，再包上塑膠袋後才在雪地上走路。到了房間後，他便取下塑膠袋放進口袋裡，這麼一來，就不怕留下濕腳印了。」

「也就是說，他們不是因為一時的念頭才殺人。」

「這是預謀犯罪。」村政如此下了斷言。「其他地方大致上都和我們的推理相符，問題是誰是主犯、誰是共犯？依他們的供詞來看，江波是主犯。」

「好像很不乾脆的樣子？」真琴像是看透了警部內心的想法，故意說道。

村政苦笑了一下，搔搔頭說：「實際計畫、執行的人確實是江波沒錯，可是我總覺得，最先提議的人應該是核桃。不對，她應該不是清楚說出來，而是煽動江波。我個人的想法，覺得江波應該是任由核桃擺布，最好的例子就是那些毒粉。」

「對了。」真琴加重了語氣。「我們完全不知道毒的來源。」

「沒錯，我也一直很在意烏頭草這種特殊毒品的來源。老實說，我聽到一個讓人意外的消息。」

「是什麼？」

「兩位知道核桃身上戴著項鍊嗎？」

「小鳥形狀的……」

聽到菜穗子這麼說，警部點頭說了句「沒錯」。

「聽說那條項鍊是這座山莊的上一個屋主留下來的，而霧原先生送給了核桃。項鍊背面有蓋子可以打開，裡面好像就裝了烏頭草的毒粉。」

「項鍊裡面有毒粉？」

菜穗子記起了英國婦人自殺的事。對了，記得她好像是吞毒自殺死的，那位女性把自己吞下的毒放在項鍊裡，然後當成遺物留下來。可是，她為什麼要這麼做呢？

「聽說核桃原本也不知道那是什麼粉狀物，她讓野貓舔了後，野貓當場死亡，所以她才知道那是劇毒。不過，她能夠隨時帶著劇毒在身上，還真是個可怕的女孩。所以呢，因為發現這件事情，我才覺得核桃是去年毒殺事件的主謀。只是，沒有更多的證據了。」

「原來如此，難怪聽起來會那麼不乾脆了。」真琴的口氣像在揶揄。

「就是啊！」村政先是露出苦澀的表情，跟著又笑了笑。

「有關川崎的死呢？」

「核桃是招供了，只是她主張那不是刻意殺人。她說川崎約她到石橋附近，自己都險些被殺。川崎質問核桃是不是看見他埋了珠寶，然後襲擊核桃。核桃聲稱自己沒看見，但是川崎不相信她，於是兩人起了爭執，最後川崎自己掉了下去……聽說狀況是這樣。」

「很合理。」

「是啊。」村政點頭說：「不過，看見別人帶了珠寶，所以就立刻殺了他，把珠寶占為己有，我想一般人不會有這樣的想法才對。只要沒發現什麼矛盾的地方，我想核桃的供詞會被採納的。」

或許核桃是因為偶然犯下了殺人的罪行，讓她對於殺人這件事情得到了免疫力，而變成了魔女——菜穗子有了這樣的想法。

「珠寶藏在哪裡呢？」真琴詢問。

「就藏在這裡的置物櫃裡，不過不是什麼值錢的東西，應該會還給川崎的家人吧。」

「警部先生原來你是知情的啊？」真琴用帶著責備的口吻埋怨：「你知道珠寶是假的，所以才會說不可能發生搶奪珠寶的殺人事件。」

因為沒有人會為了假珠寶而拚命啊。

村政一臉歉意地垂下頭，說了句「我沒有要欺騙兩位的意思」。

「啊，對了，有一樣東西和珠寶一起被找到，我想這樣東西還是還給您比較好。」

村政從袋子裡取出了五本書，每本書的封面都破損了。菜穗子看見書名不禁「啊」的一聲叫了出來，那五本書與菜穗子和真琴擁有的鵝媽媽童謠集是一樣的書。

「那些……該不會是？」

「是的。」村政點頭回答：「這是您哥哥的所有物。兇手們似乎不知道應該如何處置，所以才一直留著。而且，其中一本書的封面上還寫著暗號解答。」

村政把那本書放在菜穗子面前。讓人懷念的熟悉字體印入菜穗子的眼簾。

當天空被染紅時，影子的倫敦鐵橋會搭建完成。橋搭建完成後，埋在橋底下。

公一果然已經解開了暗號，他應該是在把「瑪利亞何時回家」的明信片寄給菜穗子之後，成功解開暗號的吧。而且，他還使用了與菜穗子和真琴相同的書，這個事實讓菜穗子心頭湧上一陣溫暖。

「咦？這是什麼？」真琴拿起一本書不解地看著。那不是鵝媽媽童謠，而是凱爾特神話的書。

「應該是參考資料吧！」村政說。

「對啊，一定是這樣，因為凱爾特族是英國的古老民族之一，原來哥哥研究得這麼深入。」

「是這樣嗎……」真琴有些無法釋懷地把書本放回原位。

村政回去了，雖然菜穗子並不喜歡這個長得矮小、說話拐彎抹角的刑警，但是菜穗子不得不承認他是個很適合當警部的男人。

到了下午，醫生夫婦與上條準備離開山莊。醫生夫婦身上穿著與菜穗子和真琴第一次見面時同樣的服裝，手上拎著同樣的行李袋坐進車內。

「回到東京後，要跟我們聯絡喔！」夫人從車內這麼說：「我會請妳們吃比這裡更好吃的料理。」

「這下沒面子了。」主廚在後方縮了縮脖子說。

醫生從車窗伸出手來說：「我們找機會再見面吧。不過，到時候我們就別再吃難吃的料理了。」

最後坐上車子的人是上條，他先與菜穗子握手，再與真琴握手。

「原來這一切的事情都掌控在你的手掌心啊。」真琴握著上條的手這麼說。

上條注視著真琴的眼睛。「如果少了妳們，就無法解決問題。」

「第一次和你握手的時候，我就該發現的，已經很少有男性會像你這樣毫不保留地使力握手了。」

「找機會再見面吧！」

「非常樂意。」

車子稍微滑動了一下子後，緩慢地向前駛去。菜穗子望著車子的背影不肯移開視線，所有人都知道彼此不可能再見面了，淚水不知怎地從菜穗子的眼睛溢了出來。

這天夜裡，菜穗子在睡夢中被真琴搖醒。菜穗子稍微睜開眼睛一看，發現眼神可怕的真琴就在她眼前。房間裡點著電燈，使得菜穗子一時睜不開眼睛。

「怎麼了啊，真琴？」

菜穗子一邊搓揉眼睛，一邊確認手錶，時間已經過了半夜三點。

「妳可不可以起來聽我說一下。」

「現在？明天再說不行嗎？」

「不行啦！一定得在今天，拜託妳起來啦。事情很嚴重，暗號錯了。」

菜穗子原本發呆聽著真琴說話。但是，真琴最後說的話到底還是讓菜穗子清醒了過來。

「妳剛剛說什麼？」

「暗號錯了，解讀錯誤了！」

「什麼？」菜穗子從床上跳了起來。

「『瑪利亞何時回家？』這個問題，從〈小瓢蟲〉中找到『當天空被染紅時』這個答案是對的。但是，這不一定是指夕陽。天空會被染紅還有另一個可能性。」

「日出？」

「沒錯，還有日出。」

「可是，是聖母瑪利亞回家的時間耶。出門後再回家的時間不應該都是黃昏嗎？」

「這個瑪利亞有不同於一般的特徵。妳還記得吧？那個擺飾品的瑪利亞不是有角？」

「我記得。可是，那不是角啦……」

「那是角沒錯。所以，那個不是瑪利亞，而是魔女才對。」

「魔女？」

「沒錯，這本凱爾特神話裡面有一個關於有角魔女的故事。故事是說有角魔女在半夜跑進某婦人的家中，做了很多壞事。不勝其擾的婦女因此與水井裡的精靈商量，請精靈告訴她驅離魔女的咒語，是這樣的——『你住的山上和上空著火了』。」

菜穗子彷彿心臟被直接捶了一下，這句咒語與〈小瓢蟲〉其中一小段歌詞十分相似。

「小瓢蟲，小瓢蟲，快飛回家……」

聽到菜穗子喃喃自語，真琴接著說完後面的歌詞。

「你家著火了。」

「我一直覺得核桃說的話很奇怪，她不是告訴我們公一已經解開暗號，所以要早點睡嗎？可是，為什麼要早睡呢？」

「為了隔天要早起？」

「正確來說，是為了在日出前起床。公一寄出明信片時，他應該還以為是瑪利亞，但是之後想必立刻發現是魔女了吧。」

菜穗子再次確認了手錶。「明天的日出是幾點？」

「不知道，可是，在四點前出發會比較好吧。」

「四點啊……」菜穗子一邊看著手錶，一邊想著「不能再繼續睡了」。「日出時，石橋的影子會出現在相反方向，認得路嗎？」

「只好叫醒高瀨，拜託他帶路了。只要向他說明狀況，他應該會明白的。而且，我們還需要鑰子，所以也得請他打開置物櫃的鎖。」

兩人等到四點後，便來到交誼廳旁邊的私人房間，並敲了敲房門。菜穗子本以為得十分劇烈地敲門才能夠叫醒高瀨，沒想到一下子就聽到了回應。而且，高瀨的聲音聽來也不像有睡意。

穿著運動上衣和運動褲的高瀨開了門後，一看見兩人，瞪圓了眼睛說：

「怎麼了？這麼晚的時間？」

「我們想藉助你的力量。」菜穗子說。

「力量？」

「要再挖掘一次。」

菜穗子開始向高瀨簡短地做了暗號解答有所誤解的說明，高瀨似乎也嚇了一跳。他說了句「咦？這事情很嚴重」後，便消失在房門背後。跟著，傳來了高瀨向老闆與主廚大聲說話的聲音。兩人回答高瀨的聲音也是相當洪亮。

不久後，打開房門並探出臉來的人是老闆，他說：「明白了，我們立刻走吧。」過了十分鐘後，菜穗子、真琴、高瀨、老闆，加上主廚共五人，從置物櫃拿出鏟子，從山莊出發。高瀨走在最前頭。

「不過，還真是讓人嚇一跳呢。」主廚扛著鏟子說。

「意思是說川崎、公一先生還有江波，再加上菜穗子小姐和真琴小姐兩人統統都錯誤解讀暗號了嗎？」

「不對，只有公一先生一人正確地解讀了暗號。」真琴搖搖頭回答：「只是，因為他只寫下『當天空被染紅時』，所以江波才誤解了吧。」

「喔，原來如此啊。不過，因為江波的誤解和川崎的誤解一致，所以才能夠找到藏珠寶的位置，這真是諷刺啊。」

「可是，正確的位置到底埋了什麼東西呢？」高瀨表情略顯緊張地問，他沒有刻意要詢問誰。

「應該是她藏了什麼東西吧？」主廚似乎是跟老闆說話，老闆聽了，只是搖搖頭沒多說話。

主廚口中的「她」應該是指那個英國婦人吧，菜穗子想。

「時間差不多了。」

真琴仰頭看向東邊天際，東邊天際確實出現了微微的魚肚白。

「我們走快點吧！」高瀨加快了腳步。

過了幾分鐘後，太陽緩緩地從東邊聳立的兩座山之間探出臉來。這時菜穗子明白了這個暗號只有在這個時期才能夠解開，因為只要時間一不對，兩座山其中一座山便會遮住太陽。

在朝陽照射下的石橋影子落在河川相當上游的位置，而這個影子此刻已經完全連接上了。

「在那裡！」真琴朝大家喊道。

儘管路面積雪很深、難以步行，大家還是拚命地向前進。因為只要晚了一步，位置就會不正確。

「就是這裡！」

第一個抵達位置的高瀨把鏟子插入地面，真琴和老闆也緊跟在後，握起鏟子。

主廚的鏟子發出碰觸到硬物的聲音，其他四人也露出緊張的表情，加速挖出土壤。不久後，洞裡出現了一公尺長的四方形木箱，和裝有珠寶的木箱比起來，這個木箱大了許多。

「有了……」真琴說。她的聲音之所以顫抖，呼吸之所以急促，不只是因為疲累的挖掘工作造成的。

「打開看看吧！」

主廚把鏟子插入木箱蓋的縫隙裡，以槓桿原理的要領撬開木箱蓋。木箱一邊發出嘎吱嘎吱的聲音，木箱蓋也慢慢地被抬高。

「撬開了。」

主廚焦躁地挪開木箱蓋，五人一看到木箱裡的東西，臉上頓時失去了血色。

「怎麼會有這種事情……」菜穗子摀住了臉。

出現在五人面前的東西不是寶物，而是一具白骨。

7

在高瀨離開現場、去聯絡警察的這段期間，留下來的四人既沒有遠離木箱，也沒有靠近，大家只是拿著鏟子呆立不動。雖然在場沒有人目睹過真正的白骨，但是依據白骨的大小，可推測出在木箱裡長眠的人是幾年前死去的英國婦人的兒子。英國婦人把兒子埋在這裡，並以鵝媽媽童謠的暗號指出這個位置，最後留下「幸福的咒語」在山莊。

「這樣我總算搞懂了。」真琴說，然後她從牛仔褲的口袋裡掏出筆記本，翻開其中一頁給菜穗子看。

「我是說〈傑克與吉兒〉這首童謠，我一直想不通為什麼只有這首童謠與暗號沒有關聯。」

「〈傑克與吉兒〉？」菜穗子接過真琴手上的筆記本。

傑克與吉兒爬上山丘，
取一桶滿滿的水。
傑克摔跤摔破了頭，
吉兒也跟著滾下來。

「我記得英國婦人的兒子是從崖邊墜落身亡的吧？」真琴問主廚與老闆。

主廚表情痛苦地點點頭。

「傑克應該是指兒子吧，吉兒原來是指為了追隨兒子、決心自殺的婦人啊。她把兒子的屍體埋在倫敦鐵橋下……啊，原來如此，仔細一想，這其實沒有什麼太複雜的意思。因為傳說裡，埋在倫敦鐵橋底下的就是人柱啊。」

「抱歉……」主廚似乎對真琴的話不感興趣。「妳們可以先回山莊去嗎？剩下的交給我和老闆來處理就行了。」

終曲 一

菜穗子與真琴在這天中午前離開了鵝媽媽山莊，雖然發現白骨所帶來的騷動一定會讓老闆與主廚疲於應付，但是所有客人都已離開，兩人決定把剩下來的事情交由他們處理。

兩人坐上來到這裡時所搭乘的白色廂型車，離開了山莊。如今回頭一看，發現紅磚圍牆、尖起的屋頂都給人完全不同的印象。

「還有一件事情讓我想不通。」

菜穗子依依不捨地回頭看著後方時，坐在她身旁的真琴嘀咕著。真琴的雙手交叉在胸前，做出她思考時會有的習慣動作。

「看到妳這樣的表情，讓人覺得有點恐怖。」

「川崎一夫為什麼會想把珠寶藏在暗號所指的地方呢？就算是已經做好準備要面對死亡的人想要享受人生最後的餘興節目，這也不像是在精神正常的情況下會有的行徑。」

「那是因為……」菜穗子停頓了一下後，說：「他精神不正常啊。」

「是嗎？那個暗號不是腦筋有問題的人能夠解得開的。聽說川崎在死前半年也來過山莊，我想他應該是在那時得知咒語的事，然後在半年內解開了暗號吧。他會特地花時間解開暗號，我覺得他一定有什麼目的才對。」

雖然真琴的表情依舊黯然，但是她沒有再多說什麼了。

廂型車正確地照著來時經過的道路往回行駛，途中沒有遇到任何一輛車。菜穗子再次體認到了自己原先身處的地方是一個多麼與外界隔離的世界。

「可以聽聽我的推理嗎？」一直沉默地操縱方向盤的高瀨突然開口。

兩人被高瀨冷不防地這麼一問，都愣了一下。菜穗子微笑著說了句「請說」，在後照鏡裡與高瀨四眼相交。

「我覺得川崎先生已經做好面對死亡的心理準備，卻還是帶走珠寶，這一定有什麼理由。」

「那是因為他想在死之前，做他想做的事情吧……」

聽到菜穗子這麼說，高瀨揚起嘴角。那是否定的笑容。

「如果是這樣的話，他就不可能把珠寶埋起來吧！只要馬上變賣成現金就好了。」

「我贊成你的說法。」真琴保持雙手交叉在胸前的姿勢點點頭。「所以，他不是為了自己而偷出珠寶。」

「沒錯。」道路出現了一個急轉彎，高瀨巧妙地操縱方向盤。「我認為他是為了某人而偷出珠寶。」

「為了某人？有這樣的人存在嗎？」

「有，有一個人。」

「是誰？血親嗎？」

菜穗子話一說完，便露出詫異的表情。在她腦海裡浮現的是川崎一夫在大約二十年前曾經在外面有了女人，還生了個小孩的謠言。

「原來如此，他是打算把珠寶留給外遇對象生的小孩。」

「那是因為他不能光明正大地留下珠寶，就算把價值數千萬的珠寶交給那個孩子，那個孩子也會不知道怎麼處置吧？因為根本沒辦法說明珠寶的來源，所以他才會想以寶藏的方式讓孩子拿到手。」

「原來如此，先把珠寶埋在暗號所指的地方，然後再將解讀暗號的方法告訴那個孩子。等到經過足夠的時間後，那個孩子再把珠寶挖出來。只要不被發現是川崎的私生子，那個孩子和珠寶之間就沒有任何因果關係，珠寶就會以拾獲物被處理。」

「這時大家應該會爭論是誰埋了珠寶，因為川崎使用了假名，所以不會被查出和他有關係。適當的推測應該是山莊原本的英國婦人埋了珠寶，但是沒有任何方法可以證明。最後珠寶就會成了那個孩子的東西。」

「可是這樣的話，那個私生子不是老早就該前來挖珠寶了嗎？」菜穗子說。

「那個孩子一定是只知道川崎的計畫，在被告知解讀方法之前，川崎就死了吧。後來又得知珠寶是假的，所以才沒有行動。」

「喔……」

雖說在法律上是個外人，但是在得知自己的親生父親賭上性命做好了一切準備，卻全是一堆假珠寶，那個孩子會是什麼樣的心境呢？

「不過，川崎先生的太太想必是預料到丈夫會做出什麼壞事吧。所以她事先偷換成人造珠寶以防萬一，或許她早就識破川崎先生有可能會偷走珠寶拿去給外遇對象。這麼一想，就覺得女性真是恐怖。」

「說到這個，上條先生說過他從某人口中知道珠寶藏在暗號所指的地方，這個某人會是誰呢？」菜穗子記起昨天的話題，喃喃思考著。

一旁的真琴聽了，用滿不在乎的語調說：「一定是那個孩子說的。對吧？高瀨。」

不知道高瀨是否是太專心於開車，他沉默了一會兒後，才回答說：「是啊。」

不久後，廂型車抵達了讓人聯想到馬廄的小車站。高瀨一同來到剪票口，為兩人送行。

「非常謝謝你，因為有你在，幫了我們很多的忙。」菜穗子禮貌地敬了一個禮。

「沒這回事，我什麼忙也沒幫到。」高瀨靦腆地擺擺手。

「接下來你有什麼打算？」真琴問道。

「我想先去靜岡找我老媽，再做打算。」

「這樣啊……請向你母親問好。」

「好的。」

真琴伸出右手，高瀨看了真琴一眼，握緊了她的右手。然後，菜穗子也與高瀨握了手。

列車駛進了月台。

菜穗子與真琴一邊點頭，一邊走向月台，走到一半時，真琴突然停下腳步。

「高瀨，我忘了請教你的全名。」

高瀨大聲回答說：「啟一，高瀨啟一。」

真琴揮手說：「再見了，啟一。」

菜穗子也揮了揮手，列車開始向前駛去，高瀨仍然揮著手。

真琴看著他的身影輕聲說：「他也是為了找出父親死亡的祕密，才來到這裡的嗎？」

菜穗子瞬間理解了真琴的意思，她倒抽一口氣，再次從車窗望出去，一股衝動迫使菜穗子想要更用力地揮手。然而，她已經看不見車站了。

終曲　二

交誼廳裡只剩下兩名男子，一個是鬍鬚男，另一個是肥胖男。兩人並肩坐在吧台的椅子上，喝著廉價的蘇格蘭威士忌。

肥胖男開口說：「為什麼？」

鬍鬚男稍微歪了一下頭，似乎是在確認問題的意思。

肥胖男再次詢問：「為什麼這個會和那孩子一起被放在木箱裡？」

肥胖男把一小塊金屬片丟在吧台上，清脆的聲音響遍交誼廳又隨即消失。

鬍鬚男瞥了金屬片一眼後，冷冷地回答：「應該是那孩子死的時候握著的吧。」

「所以，」肥胖男用力地握緊酒杯。「我才在問你這是為什麼？」

鬍鬚男沒有回答，他只是神情悲傷地注視著酒杯裡的琥珀色液體。

肥胖男繼續說：「那時你說沒有找到，你說一直找不到，後來暴風雪增強了，所以你就回來了。你露出痛苦的表情，臉上甚至還掛著淚水，難道那眼淚是你的演技嗎？」

「不是。」鬍鬚男總算回答了，然而，他只回答了這麼一句，嘴巴又像牡蠣般緊緊閉上。

肥胖男抓起酒瓶，煩躁地在酒杯裡倒酒。

「拜託你跟我說吧，到底發生了什麼事？你到底是找到了那孩子，還是沒有找到？」

空白的時間流動了好一會兒。除了兩人的呼吸聲之外，沒有任何聲音傳進耳中。肥胖男注視著鬍鬚男，被注視著的男子則是看向手邊的酒杯。

「我找到的時候，」鬍鬚男沉重地開口：「那孩子還活著。」

肥胖男抽搐著臉說：「你說什麼？」

「那孩子在雪中雖然失去了意識，但還有呼吸。我揹起那孩子，開始往回走，一邊想像她看見那孩子時的歡喜模樣，一邊走著……」

鬍鬚男說到這裡，突然嘆了口氣，他咕嚕一聲喝下了威士忌。

「我不太記得是因為暴風雪增強了，還是腳下的雪地崩塌了。我想兩者都有吧。當我覺得不妙的時候，身體已經飛了出去。或許是經過長時間的搜索，我的體力也耗盡了。我好不容易地站了起來，卻發現我的腳受傷了，那孩子也不見了。我拖著一隻腳拚命地尋找，最後我看見那孩子掛在山崖的半山腰附近。可是，靠我的腳是不可能走到那裡的。於是我全速趕回別墅，打算尋求支援。」

「可是，你沒有說……」

「我打算說的，可是，我一看到在別墅等待的她，就再也無法開口……」

「為什麼？」

「我看見她胸前抱著丈夫的照片在祈禱著，霎時之間，我明白了一件事。對她來說，那孩子是丈夫的分身，只要那孩子還活著，她的心就不會轉向其他男人。」

「……」

「那天晚上，我打算向她求婚的。」

「……」

肥胖男從鬍鬚男身上移開視線，並一口喝盡酒杯裡的酒。跟著，他握緊空酒杯，朝正面的櫃子用力地丟了出去，酒杯碎裂的聲音迴盪在空氣中，隨即又恢復了寂靜。

鬍鬚男像是完全沒聽見聲音似的，面無表情地說：「她在隔天發現兒子的屍體，同時也發現了這個吧。應該是墜落的時候，那孩子突然隨手抓到這個的吧。」

鬍鬚男從桌上拿起金屬片。

「她就這樣發現我捨棄了那孩子吧。可是，她沒有直接質問我，也沒有告訴任何人。她只是埋了兒子的屍體，並用暗號指出埋藏的位置。」

「然後她把暗號交給了你。」

「她的意思是要我看守自己殺的小孩的屍體，如果解開了暗號，我就得老實說出自己的罪行，如果沒解開的話，我就得永遠當個看守人。」

「這就是她的復仇。」

「好像……是這樣沒錯。」

鬍鬚男又看了一次金屬片，那是個小勳章，是鬍鬚男曾經加入過的山岳團隊的勳章。上面刻著「Kirihara（霧原）」。

坐在菜穗子身邊的真琴突然坐起身子。因為真琴原本在睡覺，所以她突然坐起身子讓菜穗子嚇了一跳。

「我作了一個夢。」真琴似乎流了一些汗。

「什麼樣的夢？」

「嗯……不太記得了。」

「都是這樣子，要不要吃橘子？」

「不，不要。」然後，真琴從袋子裡取出鵝媽媽童謠的書。她翻開其中一頁說：「那條項鍊上面的鳥說不定是知更鳥。」

「知更鳥？」菜穗子看向真琴指著的頁面，唸了出來：「是誰殺了知更鳥，麻雀回答說：『是我』……」

真琴闔上了書本，然後她說：「雖然我也不知道為什麼，但是我開始覺得女人很恐怖。」

菜穗子覺得有趣地笑了笑。

列車即將抵達東京。

引用與參考圖書

《鵝媽媽童謠》一～四，谷川俊太郎譯，講談社。
《鵝媽媽童謠》，平野敬一，中公新書。
《暗號之數理》，一松信，講談社。
《鵝媽媽童謠》，北原白秋，角川文庫。
《毒之話》，山崎幹夫，中公新書。

東野圭吾作品集

解憂雜貨店

榮獲「中央公論文藝賞」！熱銷突破 30 萬冊！
已改編成舞台劇！

靜僻的街道旁，佇立著一家「解憂雜貨店」。只要在晚上把寫了煩惱的信丟進門上的投遞口，隔天就可以在店後面的牛奶箱裡拿到回信解答。男友罹患不治之症，陷入愛情與夢想兩難的女孩；一心想成為音樂人，不惜離家又休學，卻面臨理想與現實掙扎的魚店老闆兒子……當他們紛紛寫信到雜貨店，不可思議的事情也接二連三發生。而那些一瞬間的交會，又將如何演變成一生一世的救贖？跨越三十年時空，雜貨店恆常散放著溫暖奇異的光芒……

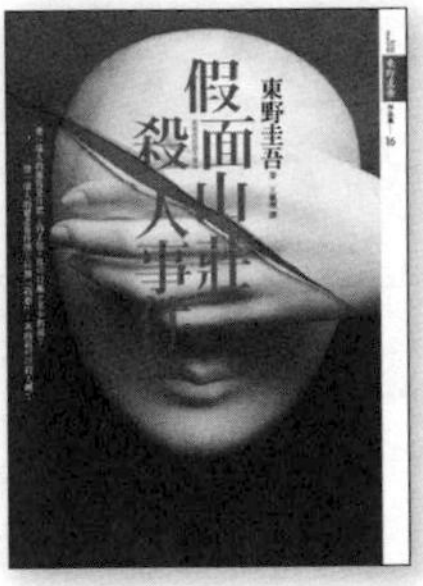

假面山莊殺人事件

東野圭吾最高明的騙局！
和《嫌疑犯X的獻身》相提並論的最高傑作！

兩個逃亡中的銀行搶匪闖入了深山裡的別墅，八名男女被迫成為人質。他們聚集在這裡，原本是為了悼念在婚禮前夕意外身亡的新娘朋美。在這座完全與外界斷絕聯絡的山莊裏，他們試圖逃脫，卻因為有內鬼破壞計畫，最後都告失敗。而在一片恐懼和緊張中，有人慘遭殺害，但根據現場狀況研判，卻並非兩名搶匪所為。究竟誰是內鬼？誰是兇手？剩下的七個人就像被困在蛛網上的獵物，只能等待真相用最激烈的手段反噬……

天空之蜂

入圍吉川英治文學新人賞！日本熱賣突破 70 萬冊！

錦重工業開發的軍用直升機被劫持了！無人駕駛的機上除了大量炸藥，就只有一名九歲男童。署名「天空之蜂」的歹徒遙控直升機，在核子反應爐上方盤旋，威脅若不立刻停止全國核電廠的運作，就會讓直升機展開恐怖攻擊。空前的國家危機，透過電視台直播，恐慌開始擴散。只有五個小時的時間，面對全體國民被當作「人質」，政府卻做出了殘酷的決定……

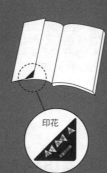

☐集滿4個印花贈品（二款任選其一）：

A：【推理謎】LOGO皮質燙銀典藏書套一個

（黑色，25開本適用，限量1000個）

B：【推理謎】吉祥物『獨角獸』圖案皮質燙金典藏書套一個

（咖啡色，25開本適用，限量1000個）

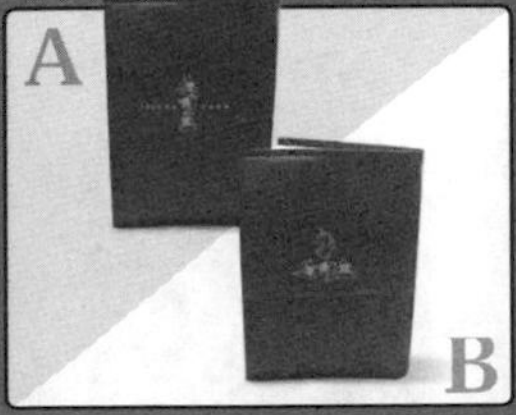

☐集滿8個印花贈品（二款任選其一）：

C：【推理謎】LOGO皮質燙金證件名片夾一個

（紅色，11.5cm x 8.6cm，限量500個）

D：【推理謎】吉祥物『獨角獸』圖案環保購物袋一個

（米色，不織布材質，41.5cm x 38.6cm，限量1000個）

☐集滿12個印花贈品（二款任選其一）：

E：【推理謎】LOGO不鏽鋼繩鑰匙圈一個

（限量500個）

F：【推理謎】吉祥物『獨角獸』圖案馬克杯一個

（白色，320cc容量，限量500個）

謎人俱樂部會不定期推出最新限量贈品提供兌換，
請密切注意活動官網和粉絲專頁。

【注意事項】

◎本活動僅限台灣地區讀者參加。

◎贈品兌換期限自即日起至2019年12月31日止（以郵戳為憑）。

◎贈品圖片僅供參考，所有贈品應以實物為準。

◎所有贈品數量有限，送完為止。如讀者欲兌換的贈品已送完，皇冠文化集團有權直接改換其他贈品，不另徵求同意和通知。贈品存量將定期在【謎人俱樂部】活動官網上公佈，請讀者在兌換前先行查閱或直接致電：（02）27168888分機114、303讀者服務部確認。

◎皇冠文化集團保留修改或取消謎人俱樂部活動辦法的權利。辦法如有更動，將隨時在【謎人俱樂部】活動官網上公佈。

國家圖書館出版品預行編目資料

白馬山莊殺人事件 / 東野圭吾 著；林冠汾 譯.--
初版. -- 臺北市：皇冠, 2011.01　面；公分. --
（皇冠叢書；第4072種　東野圭吾作品集 8；）
譯自：白馬山荘殺人事件
ISBN 978-957-33-2749-3(平裝)

861.57　　99023490

皇冠叢書第4072種
東野圭吾作品集 8

白馬山莊殺人事件

白馬山荘殺人事件

作　　者—東野圭吾
譯　　者—林冠汾
發 行 人—平雲
出版發行—皇冠文化出版有限公司
台北市敦化北路120巷50號
電話◎02-27168888
郵撥帳號◎15261516號
皇冠出版社(香港)有限公司
香港上環文咸東街50號寶恒商業中心
23樓2301-3室
電話◎2529-1778　傳真◎2527-0904
印　　務—林佳燕
校　　對—陳秀雲・黃素芬・尹蘊雯
著作完成日期—1986年
初版一刷日期—2011年01月
初版六刷日期—2019年09月
法律顧問—王惠光律師

讀者服務傳真專線◎02-27150507
電腦編號◎527005
ISBN◎978-957-33-2749-3
Printed in Taiwan
本書定價◎新台幣280元/港幣93元

謎人俱樂部贈品兌換卡

我要選擇以下贈品（須符合印花數量）：□A □B □C □D □E □F

1	2	3	4
5	6	7	8
9	10	11	12

【個人資料蒐集、利用及處理同意條款】

您所填寫的個人資料，依個人資料保護法之規定，皇冠文化集團將對您的個人資料予以保密，並採取必要之安全措施以免資料外洩。您對於您的個人資料可隨時查詢、補充、更正，並得要求將您的個人資料刪除或停止使用。

本人同意皇冠文化集團得使用以下本人之個人資料建立該集團旗下各事業單位之讀者資料庫，做為寄送出版或活動相關資訊、相關廣告，以及與本人連繫之用。本人並同意皇冠文化集團可依據本人之個人資料做成讀者統計資料，在不涉及揭露本人之個人資料下，皇冠文化集團可就該統計資料進行合法地使用以及公布。

□同意　□不同意

我的基本資料

姓名：＿＿＿＿＿＿＿＿

出生：＿＿＿＿年＿＿＿＿月＿＿＿＿日　性別：□男 □女

職業：□學生 □軍公教 □工 □商 □服務業

□家管 □自由業 □其他＿＿＿＿＿＿＿＿

地址：□□□□□＿＿＿＿＿＿＿＿

電話：（家）＿＿＿＿＿＿＿＿（公司）＿＿＿＿＿＿＿＿

手機：＿＿＿＿＿＿＿＿

e-mail：＿＿＿＿＿＿＿＿

我對【東野圭吾作品集】系列的建議：

寄件人：

地址：□□□□□

北區郵政管理局登
記證北台字1648號
免 貼 郵 票

〔限國內讀者使用〕

10547

台北市敦化北路120巷50號

皇冠文化出版有限公司 收